VIVENDO EM VOZ ALTA

Miguel Falabella

lua de papel

Para Theo e Cassiano que
mudaram a minha vida.

SUMÁRIO

Apresentação

Miguel Falabella é ator, diretor, produtor, dramaturgo, autor de novelas.

Mas tudo isso é muito pouco para defini-lo.

O ator, mais conhecido pelo grande público por sua atuação na comédia, tem um lirismo na alma que surpreende. A facilidade em decorar os textos de peças, novelas, minisséries e filmes de que participou se estende para a o real: Miguel sabe a vida de cor – guarda tudo no coração.

E transforma em enredo a cor do mar, uma lagarta na estrada, um almoço de família, a chuva caindo e plantas que crescem. Miguel é tão intenso que, ao encenar histórias, cria outras. Ou relembra as de outrora. E faz da vida um espetáculo, um rico dossiê de cenas, retratos, frases e falas que ele divide aqui, generosamente, com quem tem a sorte de ser seu leitor.

Há quem diga que Miguel carrega um peso de memória. Que é chegado à nostalgia. Mas, para sua arte de cultivar lembranças como quem coleciona peças antigas, há um outro ponto de vista: o que Miguel nos faz é delicadeza. E é de delicadeza, não de gargalhadas, que se faz a poesia.

O que a vida tem de bonito pede de nós contemplação. Um certo silêncio, para mirar com respeito o que não volta mais. E o que parece melancolia nos traz um discreto sorriso no rosto, denunciando a verdadeira felicidade: viver com intensidade é viver mais de uma vez.

Lembrar, como nos ensina o autor, nem sempre é repetir. Contar histórias antigas é fazer ficção, pois a cada momento em que se conta ela tem uma cor diferente. E quem ouve a história dá a ela uma camada a mais de cor.

Memórias nos ajudam a viver com sabedoria. A cometer novos erros, em vez de insistir nos velhos. É o que nos diferencia dos animais – ou o que pensamos que nos diferencia, pois talvez eles sejam bem mais sábios que nós, ao guardar na genética a memória dos aprendizados.

Os textos deste livro estão divididos em capítulos, mas poderiam facilmente migrar de um grupo a outro. Falar de casa é falar de vida.

Falar da vida é falar do mundo. Tudo isso tem lugar no palco. E, no fim das contas, estamos sempre falando de amor.

Ao cultivar memórias como quem coleciona objetos raros, Miguel nos oferece, a cada novo texto, pequenos espelhos de nós mesmos. E ainda realiza o nosso desejo infantil de ser amigo íntimo do ator.

Dizem que sabedoria é aprender com a experiência dos outros. Então aproveite. Miguel Falabella tem a sua e não quis guardar para si.

1. DE CASA

O MUNDO DOS LEÕES

Eu tinha 10 anos quando enfrentei o temido exame de admissão para o ginásio. Lembro da garotada ruidosa que enchia o pátio, das mães que aguardavam a saída dos rebentos, nervosas, esperando o gabarito para saber se o filho teria ou não uma vaga no educandário público.

Aos 10 anos, eu estava completamente desamparado para enfrentar o mundo lá fora. Resolvia os problemas de aritmética, as questões de português, mas isso era tudo. Nunca fui um aluno brilhante e, confesso, não me saía melhor nos problemas do cotidiano. A entrada na adolescência me transformou num menino gorducho, míope, com a pele começando a apresentar os primeiros sinais de acne e uma mania de rabiscar poemas nos cantos dos cadernos.

No dia do resultado, meu nome estava lá, afixado na parede de chapisco, ostentando as médias obtidas, o bastante para garantir a vaga. A família exultou. Compraram-me uniformes: a camisa cáqui, a calça azul-marinho, o sapato preto, o escudo, o cinto de inspiração militar e me jogaram na arena.

Eu não tive muita sorte. Minha primeira turma era quase que inteiramente composta por repetentes, todos com 13 ou 14 anos, para quem um garoto tímido, que tentava prestar atenção no que o professor dizia, era uma ofensa grave. Eles logo me ensinaram qual era o destino dos herbívoros, num mundo de leões. Foi, talvez, o pior ano de minha vida. Não tinha um só amigo. Rasgavam as folhas do meu fichário, sujavam meu uniforme, atormentavam minha existência.

Um belo dia, um dos garotos (bem mais velho e maior do que eu, diga-se de passagem) disse que ia me esperar na saída, num terreno baldio que havia por perto. Entrei em pânico. Eu sabia que não poderia fugir ao convite da briga, ou minha vida se transformaria num inferno ainda maior. Engoli em seco e esperei apavorado pelo fim das aulas.

Na saída, os meninos vieram atrás de nós, como animais farejando sangue. Eu mal podia respirar, tamanho o medo, mas caminhei até o campinho, onde pousamos nossas pastas no chão e nos preparamos para o combate. Foi então que ouvimos um som medonho, um grito de agonia, quase um urro. Imediatamente, apareceram uns moleques, que torturavam um gato, nos fundos do terreno baldio. Eram garotos mais velhos e, obviamente, mais selvagens. Caminharam até nós, enquanto o gato ferido miava no meio do mato, tentando arrastar o corpo para fora daquele lugar, ferido que estava. O chefe da turma se aproximou e olhou fundo na minha cara de criança. Depois tirou meus óculos e perguntou a meu colega se ele ia bater num menino de óculos, acrescentando que aquele terreno pertencia a sua turma e que não gostava de invasores. Meu adversário gaguejou uma desculpa, mas, a um sinal dele, a gangue começou a nos apedrejar e tivemos que fugir correndo.

Cheguei em casa suado e feliz. Escapara da briga, sem fugir dela, adiara para o futuro a minha sentença de morte.

A história voltou, há coisa de um ano atrás, quando peguei um táxi no aeroporto, voltando de São Paulo. Imediatamente reconheci meu ex-adversário, embora mais velho, no volante do carro. Ele se apresentou, me falou de sua vida, elogiou minha carreira etc. Durante toda a viagem eu lutei contra um sentimento estranho, que me transformou outra vez naquele menino tímido e apavorado. Falei pouco e limitei-me a responder às perguntas que o outro fazia. No fim do trajeto, não aguentei mais.

– Você se lembra do gato? – perguntei.

– Que gato? – ele me pareceu sincero.

Dei a conversa por encerrada. Paguei a corrida e corri para casa. No elevador, as mãos suadas, eu podia escutar as batidas do coração, que

Eu mal podia respirar,
tamanho o medo,
mas caminhei até o
campinho, onde pousamos
nossas pastas no chão
e nos preparamos
para o combate.

iam pouco a pouco se acalmando, numa cantilena ritmada: já-passou-já--passou-já-passou.

Mas a verdade é que não passa nunca. Para de sangrar. Vira cicatriz. Mas continua lá. Para sempre.

TEMPOS VERBAIS

CLARICE LISPECTOR DIZ QUE A palavra mais importante da língua portuguesa tem um som de letra: é. E ela tem razão. Não é preciso muito mais para definir-se o momento. É justo. Seco. Bom o bastante para o aqui e agora, sem os temores do será, ou a nostalgia do era que, com o passar dos anos, vai se fortalecendo e embaralhando a noção de tempo. As rugas que vamos descobrindo na superfície são as pontas de profundos icebergs e, ao tentar mapeá-los, frequentemente trocamos o é por sua forma no pretérito. Na maturidade, aquilo que era vai ganhando cada vez mais espaço, até que um dia cruzamos a tênue linha que delimita o tempo e avançamos sem medo na direção do passado.

As tempestades da alma, tão comuns na meia-idade, na verdade, são vislumbres do futuro e a bonança, que se segue a elas, sopra o vento das saudades sazonais, que chegam inexoráveis, instalam-se sem aviso prévio, tomam conta de tudo e não têm data marcada para a partida.

Nesses últimos dias, por exemplo, de baixas temperaturas em São Paulo, muitos ensaios e muita correria, o vento trouxe meu pai de volta. Talvez porque a última vez em que tenhamos ficado juntos foi nesse apartamento. Ele dormiu comigo e lembro que conversamos até as tantas; ele me contou novamente o meu nascimento, uma história que ele adorava repetir.

As crianças de olhos azuis nascem com os olhos muito claros e, por um momento, papai acreditou que eu fosse cego. Tio Olavo, que fazia todos os partos da família, dissipou-lhe os medos, mas a história, que ele me contou de novo, na última vez em que estivemos juntos, valeu-me o apelido familiar de olho branco. Curiosamente, aquele homem que era o arquétipo do carioca da gema, que adorava andar de peito nu pela praia da infância, ficou para sempre guardado neste meu apartamento de concreto, que hoje resolveu engolir a noite gelada e sem estrelas.

A cama e o colchão ainda são os mesmos. Eu tento adivinhar-lhe a forma, ao meu lado, naquela noite de alguns anos atrás. Ele ficou viúvo muito cedo e nunca conseguiu superar a perda do amor de sua vida. Foram essas as suas palavras, no corredor do hospital, quando mamãe avançou decidida para o passado. Nunca mais pensou nas coisas do amor, mas, como ainda era jovem, nós fizemos de tudo para que ele se interessasse por alguém. Finalmente, ele arranjou uma namorada e manteve com ela um relacionamento por alguns anos. Um dia, ele almoçava comigo e falávamos dela, quando eu perguntei, assim como quem não quer nada, se ele estava feliz, se gostava daquilo que estava vivendo.

– Você gosta dela, pai? – eu perguntei, atrás da intimidade que, hoje sei, tanto eu quanto ele buscávamos desesperadamente um no outro.

Papai me olhou, surpreso com a objetividade de minha pergunta, e respondeu sem alterar o tom.

– Ela me dá lanche – ele disse, e deu o assunto por encerrado.

A resposta lacônica virou piada entre os irmãos, mas hoje, escrevendo nessa noite cada vez mais fria, eu entendo a justeza daquela frase. Ela me dá lanche é apenas mais uma tradução do é de Clarice que abriu a crônica. Simples e definitivo. Como a saudade é.

GOLPES

A DOR CONFUNDE, EMBARALHA as ideias e acelera o sistema. Eu entrei no apartamento, depois de tentar comer um sanduíche que abandonei pela metade. Entrei no apartamento, avancei pelo corredor, sempre incapaz de lembrar que interruptor acende o quê, e o telefone tocou. Era meu sobrinho – os olhos buscam o relógio, uma e tanto da manhã, o cérebro manda um pequeno aviso, como aquele leve tremor que antecede ao cataclismo – penso em meu irmão e afasto a ideia, com uma sacudida de cabeça.

– Tio – ele foi dizendo, com a voz pesada. – Aconteceu uma coisa com o vovô...

Lá vai o maldito gato subindo no telhado e a metade do sanduíche que eu comi incha como um balão no estômago.

– Ele morreu? – eu engoli o ar depressa demais.

– Acho que morreu, tio. A Marilene ligou e...

Ele fez uma pausa para que eu preenchesse as lacunas, como um daqueles testes que fazemos na infância.

A primeira coisa que chegou foi o cheiro, o cheiro da toca, aninhado em seus braços, ele me carregando escada acima. O cheiro da pele misturado a algum produto de cabelo. O cheiro e a lembrança do abandono a que nos permitimos, quando estamos nos braços seguros de alguém. Desliguei o telefone e, antes de chegar à porta do quarto, veio o primeiro abalo.

Estou nadando o mais depressa que posso, estou tentando cortar as águas com velocidade, tentando não virar a cabeça e conferir a situação dos rivais, pois isso vai me roubar um tempo precioso. Ele está lá, o cabelo escuro, o cronômetro nas mãos, agachado no final da raia. O dia morria nos céus de São Cristóvão e as luzes do parque aquático iam se acendendo, conferindo um brilho especial ao azul da água. Eu não venci, no final das contas. Acabei em segundo e ele ficou desapontado. Acho que nunca cheguei a preencher a imagem que ele tinha esboçado, mas acho igualmente que ele acabou conseguindo admirar o meu desenho. Ainda outro dia, no aeroporto, as pessoas falavam comigo e ele apertava meu braço, como se assinalasse cada manifestação de apreço.

– Como as pessoas gostam de você, meu filho! – ele derramava um orgulho discreto pelos olhos cansados e eu me senti tão agradecido por aquele amor, pois de certa forma ele aparava as possíveis arestas e permitia que se reconciliasse com o meu traçado.

Avancei pelo corredor e entrei no quarto.

– Papai se foi – eu disse, enquanto os olhos se voltavam para mim. – Papai morreu.

E o segundo abalo aconteceu.

Eu o vejo sempre atrás do volante da Kombi, apoiando o cotovelo e esfregando as costas das mãos no nariz, um gesto que eu também faço, talvez por cópia, talvez por gene, um quê de comédia no enunciado das frases. Papai, como uma profecia apocalíptica, chamava todo mundo de artista. Parava para abastecer o carro e gritava para o frentista.

– Ô, artista!

O som de sua voz brinca por aqui. Gostava de esportes, de peito nu banhado de sol e do aconchego do banho. Escondeu em algum lugar sua parte aventureira e deixou-se ficar sem grandes ambições e aparentemente sem grandes conflitos. Era um homem bom, um homem decente. Viveu os últimos 20 anos de sua vida com a saudade de minha mãe a lhe ferir a alma, imerso no sobrado de lembranças que ele criou para o seu amor. No dia em que mamãe morreu, eu me lembro, ele veio caminhando pelo corredor do hospital, meio sem norte, meio sem rumo, chorando feito uma criança. Aí, quando me viu, me abraçou e disse com a voz machucada.

– Eu perdi o amor da minha vida.

E eu entendi que, dali, ele dava o viver já por vivido.

Depois, vieram outros abalos, de maior e menor intensidade, até que eu fiquei quieto, olhando para a parede, revendo o filme de nossas vidas. Eu deveria ter lhe agradecido pela comédia, pensei. Eu deveria ter lhe agradecido pelo riso e pela música. Eu deveria ter lhe agradecido pela extravagância do sentimento – fui repetindo mentalmente, até que o gelo daquela noite me aprisionou de vez.

Acho que no final das contas, eu escrevo para isso. Para reabastecer o espírito com aquela velha bondade dos estranhos e a que se referia Miss Blanche Dubois. Além do mais, posteridade não é coisa que se almeje. Nunca saberemos o resultado.

E você que, mais uma vez, foi embora.

A PEDRA ESTÁ LÁ

Meu avô era um contador de histórias extraordinário. Não teve oportunidades na vida, nem muita sorte. Na verdade, segundo as palavras de minha avó, se ele resolvesse abrir uma fábrica de chapéus, os homens começariam a nascer sem cabeça, mas os infortúnios de sua existência, aparentemente, não amarguraram a alma daquele filho de imigrantes, de modo que a lembrança dele está sempre ligada a um sorriso largo e à tranquilidade de suas mãos, que me embalavam à noite. E havia, é claro, as histórias, em que príncipes, duques e marqueses de nomes fantásticos lutavam para resgatar alguma princesa. Uma luta inglória, a dos nobres, já que no final, invariavelmente, era um pobre coitado qualquer quem conseguia a proeza, casando-se com a bela e tornando-se membro da família real. Vovô narrava os detalhes, com olhos brilhantes, a língua estalando no céu da boca, chicoteando as palavras num ou outro momento de maior aventura. Eram muitas histórias e muitas as noites em que dormi com o som de sua doce voz, enquanto vovó ajeitava os lençóis cheirando a anil, após dormirem no quarador do terraço toda uma tarde sob o sol.

A lembrança de meu avô me chega num novo quarto de hotel, dessa vez em Curitiba. Faz muito frio e o mundo lá embaixo, visto pela janela do décimo andar, parece coberto por uma fina tela esbranquiçada, manchando a escuridão de uma luminosidade estranha. Não há ninguém que se aventure pela rua, nesta madrugada gelada. Nenhum coração, por mais

“

Todo passado é ficção.
Até mesmo a história oficial
acaba sendo fruto
da imaginação de alguém
que resolveu contá-la.

”

solitário, por mais carente de um olhar inesperado, vai se aventurar pelas ruas cobertas dessa névoa de gelo. Esta é a noite das almas esquecidas, eu penso, e volto para os lençóis brancos da cama imensa.

E eis que a voz de meu avô, vinda do passado, traz de volta o calor de outros tempos e o mar dourado da ilha, o mar da infância, onde tudo era futuro e encantamento. Não sei ao certo o que foi que me trouxe essa lembrança, talvez a sopa do jantar, o pão molhado no azeite, ou uma pincelada de rabanete, coisas que ele adorava, mas de repente é tão nítido o som daquela voz amada, que eu estremeço, sob as cobertas, enquanto as palavras saem de minha memória e voam livres pelo quarto.

– E a pedra está lá! – ele dizia, contando a história de uma princesa raptada por um gênio do mal. Os pretendentes, para salvá-la, tinham que transpor uma pedra imensa, à beira de um precipício. Vovô pontuava a narrativa com esse bordão, lembrando as dificuldades da empreitada.

– E a pedra está lá! – eu escuto e fecho os olhos tentando me lembrar daquele sorriso e da maneira doce em que ele mexia nos meus cabelos, aumentando ou diminuindo a ação, à espera do meu mergulho final no sono.

Eu queria que ele pudesse ter conhecido as pedras que eu consegui transpor, mas ele não viveu o bastante para conhecer as minhas aventuras. Morreu com a mesma tranquilidade com que levou toda uma vida e me deixou um presente inestimável: o dom de contar e, principalmente, ouvir histórias. Vovô gostava de qualquer história, a mais comum, a mais corriqueira. O fato mais insignificante tinha, para ele, alguma poesia – todo e qualquer relato pessoal era um esboço de desenho a ser bordado pela imaginação, porque todo passado é ficção, quer a gente queira, quer não. Até mesmo a história oficial, aquela dos livros, acaba sendo fruto da imaginação de alguém que resolveu contá-la.

A exemplo dele, vou pela vida, escutando histórias e, confesso, aquelas que me deixam mais pleno são as histórias que não ganham manchetes de jornais, mas que têm um sabor único: a mulher, ao meu lado no avião, conta que abandonou o marido após ter sobrevivido a um incêndio; o motorista do táxi, com os olhos rasos d'água, diz que perdeu um filho na guerra do tráfico; a feirante gorda, desolada, expulsou a filha de casa, porque ela se perdeu; o executivo da ponte-aérea vive um problema conjugal, porque a conta de seu cartão de crédito acusava o pagamente de um motel; o pedreiro da obra narra a vida de sua mãe, que migrou com oito filhos e muita coragem; o garçom pede uma chance no mundo artístico e começa a cantar uma música sertaneja com voz abaritonada – histórias de todos nós que, reunidas, vão formando a imensa rede de seres que se agrupam neste planeta. E depois, quando as histórias estão reunidas e devidamente ornadas com os bordados da imaginação, tomo posse de cada uma delas e saio pelo mundo, contando a saga dessas novas personagens, para qualquer um que me ofereça um instante de silêncio. Esta é a minha maneira de manter viva a imagem daquele homem. Vovô amava as palavras e amava gente (além dos rabanetes e das cebolas), e eu descubro hoje, no meio da noite gelada, que de alguma forma ele não morreu. Como um mágico que nos enganou a todos com as mãos, ele espalhou-se pelo universo e transferiu-se de mala e cuia para dentro do meu coração. Neste quarto de hotel, em Curitiba, quando os termômetros despencam vertiginosos, eu me flagro mais uma vez contando uma história comum, mas de paladar inigualável. E imagino meu avô, parado no meio da estrada, observando a pedra imensa que ele precisa transpor para conquistar o coração da princesa e, através da proeza, chegar enfim ao coração da Humanidade.

Arqueologia dos pequenos gestos

Meu avô materno, na mítica ilha de minha primeira infância, costumava acordar muito cedo, antes mesmo do nascer do dia. Eu acordava com ele, pois minha mais remota lembrança é aquele feito inigualável de agarrar os pés, deitado no sofá que parecia enorme, à espera da refeição, preparada na cozinha, que começava a tingir-se de amanhecer. O cheiro do leite fervido chegava à sala, e até hoje, quando esse aroma me apanha desprevenido, joga-me imediatamente de volta àquele sofá. Posso, então, visitá-lo novamente, trabalhando de encontro à parede de azulejos brancos, manchados de rosas, ouros e encarnados, muito magro, o chapéu de palha eternamente assentado na cabeça e o amor que ele renovava cotidianamente, com seus pequenos gestos, como ferver o leite, alimentar o neto e colocar as iscas nos anzóis. Em cada breve movimento, em cada mão que trabalhava com afinco, havia, agora eu sei, um mundo de significados que a cena escondia de um espectador acidental.

Em Lisboa, muitos anos depois, o cortineiro do teatro onde eu me apresentava, um senhor de muitos anos de profissão, pediu-me encarecidamente que eu incentivasse o público a aplaudir mais, no final da função, assim teríamos mais cortinas.

– Dona Claudia (Raia) sabe fazer cortinas, mas o senhor logo corre para o camarim!

Passei a voltar para novos aplausos, tantas vezes quanto ele desejava, só para agradá-lo e, durante a temporada, acostumei-me a observar suas mãos, que puxavam as cordas com destreza e uma técnica toda especial. A cada nova cortina, seu rosto reluzia de puro prazer e, todas as noites eu me lembrava de meu avô e curvava-me, agradecendo os aplausos, com o cheiro do leite fervido nas narinas.

Todos nós, mais cedo ou mais tarde, fazemos esse tipo de arqueologia. É do ser humano embrenhar-se pelos labirintos à cata dos gestos que nos formaram e que são as fundações de nossas pequenas civilizações particulares. E é lá, na penumbra do labirinto, que vamos nos deparar novamente com as cozinhas, terraços e pátios de outrora e encantar-nos com os pequenos gestos que, de tão frágeis e efêmeros, aprenderam a multiplicar-se para sobreviver. A mão que me estendia a mamadeira, ao alvorecer, repetia o gesto infinitas vezes, cidade afora, levando na espuma branca do leite todo o amor que fosse possível aprender. É igualmente no labirinto que podemos descobrir para onde foram os valores que esses pequenos gestos nos transmitiram um dia e que constantemente a vida nos tenta fazer esquecer. Acreditem! Estão lá, presos para sempre em seus cenários, como as flores que um jovem apaixonado guardou dentro dos livros, na mesma manhã em que iniciou-se esta crônica.

Crônica dos sonhos

Os sonhos possíveis parecem ser mais rápidos, velozes, deixando a boca molhada de desejo. Os sonhos que não podem ser é que complicam e se arrastam no casulo até transformarem-se em pesadelos.

Quando fui dormir, virei o travesseiro duas vezes, porque, dizem, essa é a maneira de convidar o impossível a visitar sua morada.

Um dia desses, sonhei a noite toda, com meu pai, com meu irmão mais novo e com a paisagem da infância – estávamos em algum lugar alto, de onde as pessoas pulavam num mar de profundo azul, que era um ponto sereno lá embaixo. Eu tinha medo de pular, porque não enxergava o contorno das rochas, a miopia transformava tudo num borrão azulado e distante. Acordei me sentindo meio estranho, apertando os olhos para me certificar de que a miopia não estava mais aqui, mas feliz por lembrar do sonho, dos lugares visitados, dos sorrisos perdidos nas curvas do tempo, porque voltar a lembrar dos sonhos é, de certa forma, recuperar parte de nossa vida. Depois desse primeiro sonho, quebrado o bloqueio, os outros vieram em série, como se estivessem havia muito na coxia, esperando a vez de entrar em cena.

Sonhei com o quintal da casa da Ilha e todas aquelas folhas se misturando ao vento; se bem me lembro, um pé de papoula vermelha, ao lado do pé de jasmim, de um lado, goiaba vermelha e manga espada, do outro goiaba branca, a árvore mais baixa, esparramada pelo chão, nosso navio, nosso forte, nossa casa suspensa. Havia também um pequeno lago que

Os sonhos possíveis
parecem ser mais
rápidos, velozes...
Os sonhos que não
podem ser é que
complicam e se
arrastam no casulo...

papai construiu para meu irmão criar peixes, mas que foi rapidamente esquecido e coberto pela vegetação – numa manhã, bem cedo, daquelas cheias de estranhezas dos sonhos, eu me debrucei sobre o lago, afastei as plantas com a mão e, do meio dos círculos que iam aumentando em direção às bordas, surgiu uma libélula, uma lavadeira, como nós chamávamos, vinda das profundezas. Ela ficou ali, pousada na superfície, como se bebesse cada gota daquela manhã, depois voou, rasgando o ar num movimento oblíquo e perfeito. Acompanhei a trajetória de seu voo e a fragilidade daquelas asas refletia o sol da minha infância, um pouco mais alto, um pouco mais alto, até que o sol ferisse meus olhos e acordei com Maria acendendo a luz do quarto e reclamando porque o carro do *Video Show* já estava me esperando havia quase meia hora. Passei o resto do dia com aquela imagem terna dançando na frente dos meus olhos e, mais tarde, quando fui dormir, virei o travesseiro duas vezes, porque, dizem, essa é a maneira de convidar o impossível a visitar sua morada. Deixei a porta da varanda entreaberta e os sonhos não se fizeram de rogados, aceitando meu convite.

Dessa vez, sonhei com o quati fêmea que meu pai me comprou, eu tinha uns 7 ou 8 anos, não mais. Ela estava presa numa gaiola, numa loja, e eu fiz um escarcéu tamanho que meu pai acabou cedendo às lamurias e me comprou o bicho. Foi minha companheira por um período, eu chegava da escola e ela vinha árvore abaixo me receber, com aquele som inconfundível. Não me lembro quanto tempo durou nosso convívio, mas, de qualquer maneira, bem antes de Audrey Hepburn em *Bonequinha de luxo*, eu já tinha aprendido que não se deve amar uma coisa selvagem. Ela espera o seu tempo, fica esperando no silêncio dos pensamentos, até que esteja forte o bastante para quebrar a jaula e partir em busca de seu destino. Minha avó antecipou-se e desapareceu com ela. Disseram que ela tinha fugido, mas eu nunca me convenci inteiramente do fato. Sempre achei que ela não teria ido sem dizer adeus e, algum tempo depois, acabei descobrindo que ela fora doada para o zoológico. Espero que ela tenha encontrado um bando ruidoso de iguais e que tenha sido feliz. Ela já não deve estar mais aqui. Quantos anos viverá um quati? –, eu me pergunto. Quanto tempo dura um sonho? Muito mais do que o curto espaço de uma noite, isso é certo. Os sonhos possíveis parecem ser mais rápidos, velozes, deixando a boca molhada de desejo. Os sonhos que não podem ser é que complicam e se arrastam no casulo até transformarem-se em pesadelos. Mas tudo é sonho, como diria o bardo, essa matéria da qual somos feitos.

Agora mesmo, escrevendo a crônica, percebi que estou sentado dinate do computador há mais ou menos duas horas e que sonhei todo o tempo. Estou ficando afiado no exercício cotidiano do sonho. O difícil é lembrar com exatidão dos rostos e emoções, depois que a realidade nos chama de volta, ciumenta do amor e do abandono que o outro lado nos proporciona. O importante é ter paciência e esperar que eles decidam nos trazer esse ou aquele momento, que nunca se perderam, na verdade, que simplesmente esperam, gravados na cera brilhante do universo, a permissão para o grande reencontro.

O CAMINHO DE VOLTA

São Cristóvão repousa no alto de uma colina, quieta, aparentemente inabitada, neste meio-dia de sol quente e um céu azul de doer a vista. Na praça do mosteiro, pisando nas pedras do calçamento antigo, tudo é uma só labareda do passado, um conjunto arquitetônico impressionante, um pouco da nossa história e um orgulho adormecido que, a princípio, boceja sonolento, mas que pula no peito, assim, de repente, e enche os olhos de água. São Cristóvão, eu não sabia, é a quarta cidade mais antiga do Brasil, distante alguns quilômetros de Aracaju, atual capital do estado. Tudo nela grita os tempos de Sergipe d'el Rey, uma dignidade clara, de janelas azuis e paredes espessas, testemunhas do Brasil Colônia, com os campanários do século XVII recortados contra um céu imóvel, como se Deus tivesse emborcado uma xícara de finíssima porcelana azul sobre a terra.

Mas a história não é essa. Na verdade, confesso minha ignorância, eu não sabia da existência e da importância de São Cristóvão, de seu belíssimo museu de arte sacra, de sua história preservada no coração de Sergipe. Muito provavelmente, eu teria ido me apresentar em Aracaju sem visitá-la, não fosse por Jacira e sua vontade de fazer o caminho de volta, porque esse desejo está no coração de todos os seres do planeta – mais cedo ou mais tarde, temos que percorrer o caminho de volta, seja para onde for.

Jacira trabalha comigo há três anos, mais ou menos. Foi trazida por Maria, que era sua colega na escola noturna e que, finalmente, cedeu às minhas pressões para que tivesse alguém que a ajudasse. Jacira é pequena, os cabelos na altura dos ombros e uma alegria digna de nota. Quando estamos todos na copa, depois do almoço, tecendo comentários sobre a vida em geral, sexo inclusive, ela está sempre às gargalhadas e ri de não se aguentar nas pernas, desaparecendo de nosso campo de visão quando se agacha num ataque prolongado de riso, a mão sobre a boca, murmurando o seu bordão: "Miguel é triste!".

Pois numa dessas conversas, ela me contou que era de São Cristóvão, Sergipe, que tinha vindo tentar a sorte no Rio, havia 19 anos, ainda menina, apavorada com a perspectiva de uma vida no Rio de Janeiro, parada na estrada, à espera do ônibus, a certidão de nascimento roubada na calada da noite, porque não queriam que ela fosse embora. Jacira veio e nunca mais voltou. A vida difícil a impediu, é claro, mas alguma coisa dentro dela (que ela nem sabia explicar o que era) segurava seus passos e atravancava o caminho de volta. Daí que resolvi levá-la comigo, aproveitando a turnê da peça e, para não criar ciúmes, acabei levando todo mundo, porque, afinal de contas, somos mesmo uma família e Jacira, Maria e Neide (assim como Carlos, Alberto e seu Hélio) alicerçam meus dias e meu trabalho. Juntamos as trouxas e seguimos viagem, um grupo ruidoso e, no mínimo, engraçado.

Chegamos a São Cristóvão no fim da manhã e, como disse, a cidade parecia adormecida, presa no encanto dos tempos. Eu me virava no banco da frente, roubando um pouco da emoção e do olhar que ela lançava para fora da janela do carro, reconhecendo o seu lugar. Na praça principal, antes de entrar no museu, fomos "descobertos" por um grupo de crianças que saíam da escola e, em questão de minutos, aquilo virou uma loucura, uma algazarra inacreditável que, para meu constrangimento, parecia acordar os mortos que dormiam em paz sob as campas da igreja. Refugiei-me numa sala do museu, porque percebi que Jacira estava nervosa, que todo aquele tumulto ia acabar quebrando a magia do reencontro, de modo que resolvemos deixá-la logo em casa e, depois, conhecer a cidade.

E fomos seguindo pelas ruas estreitas, com um bando de crianças pulando atrás do carro, crianças como ela foi um dia, eu podia ver em seus olhos, a saudade, a constatação de uma realidade sofrida que ela não pediu, que ela nunca entendeu, que a obrigou a partir, e ela, num fio de voz, disse encolhida no banco de trás, com um olhar novo de quem viu o mundo para além de seu quintal.

– Meu Deus! É tudo tão pequeno!

No alto da ladeira, ela desceu do carro e tiramos as coisas do porta-malas, presentes para a família, a bolsa de viagem arrumada com carinho. Eu perguntei se ela queria que eu entrasse para cumprimentar a família, mas ela disse que não, de modo que ficamos ali, vendo ela descer a ladeira, enquanto os vizinhos corriam para os portões. Ela parou na entrada da casa do irmão e acenou para nós. Depois, apertou os olhos e exclamou, quase um grito de ave reunida ao bando, depois de quilômetros de voo sem rumo.

– Meu pai tá velhinho!

E a deixamos lá, para o final de semana, partindo em silêncio, cada um de nós com saudade das coisas amadas que deixamos para trás. Ninguém disse nada, ninguém queria dizer nada. No convento das monjas beneditinas, refugiados na sombra fresca das paredes da igreja, nós nos olhamos com carinho. Aquele foi um dia feliz, eu pensei. E acho que todos concordaram comigo, no silêncio da prece.

Recuerdos de Acapulco

Minha avó costumava erguer os olhos para o teto e exclamar um “Meu Deus!”, sempre que as coisas lhe pareciam impossíveis ou desesperadoras. Aquele Meu Deus era soprado com força, como se pudesse alcançar as alturas celestes, cheias de santos e nuvens azuladas, que víamos nas estampas esquecidas entre as páginas dos livros.

Depois da invocação, ela sempre esperava um pouco pela resposta, até desistir e continuar o que quer que estivesse fazendo. Era uma mulher peculiar, cheia de ideias e atitudes. Meu avô também. Sentados à mesa da copa ladrilhada, eles professavam um ufanismo positivo, ainda que ingênuo, enquanto liam os jornais e discutiam os caminhos da nação.

Eu me lembro. E os guardei exatamente no momento em que ela desiste de esperar pela resposta divina e abaixa os olhos até encontrar os meus, debruçando o corpo sobre a mesa, cujos ladrilhos repetiam o padrão da parede. Esse é o quadro. Não! Espera! Papai está sentado à cabeceira, o cabelo penteado para trás e a voz cheia de harmonia. Usa uma camisa clara e me parece tão jovem e bonito aquele homem, que eu corro a guardar aquele momento antes que a memória escape por entre os dedos. É preciso guardar aquele sorriso intacto, porque são os traços daqueles que amamos que nos impulsionam pela vida afora.

Papai achava, como muitos de sua geração, que a estrela mexicana Maria Félix era a mulher mais bonita do mundo e cantarolava trechos de

"Maria Bonita", a canção de amor que Agustín Lara dedicou a ela, como se apresentasse uma prova de que a mais bela entre as deusas era a mexicana. Os avós aprovavam a escolha, já que era latina. Vez ou outra surgia um nome hollywoodiano, Ava Gardner podia ser citada, mas nenhuma batia La Doña, o apelido que o México deu a sua estrela máxima.

Dia desses ouvi uma história que, tenho certeza, agradaria àqueles três, sentados na mesa da copa. Hollywood nunca se conformou em não ter a grande Maria Félix e ela recebeu inúmeros convites. É claro que, àquela altura, uma atriz mexicana não poderia fugir dos estereótipos que a indústria do cinema sempre foi pródiga em estabelecer, e La Félix sabia disso. Para ela, não ia sobrar muito mais além das voluptuosas camponesas tentando a sorte na ensolarada Califórnia ou as caricatas Paquitas, Lupitas e Chiquitas que nossa grande Carmen interpretou. Maria acabou recusando todos os convites, com uma frase que até hoje é lembrada: "Eu não nasci para carregar uma cesta".

Vovô teria aplaudido. Vovó daria um muxoxo de aprovação e papai voltaria a cantar algum outro trecho de um bolero famoso, com sua linda voz de barítono. Depois, quando o sol começasse a tingir o quintal de amarelo, cada qual iria cuidar da vida, do mesmo jeito que era então, quando Acapulco era uma terra inatingível, os sonhos viviam entre nós e o mundo não cabia na palma da mão.

A GUERRA

LÁ PELO MEIO DA ADOLESCÊNCIA, tentando me livrar da acne e da gordura infantil, resolvi que queria ser ator. A princípio, guardei meu segredo a sete chaves, mas o chamado do palco foi mais forte e acabei engrossando as fileiras do teatro do ginásio, onde, em minha estreia, eu cruzava o palco mudo e saía calado, marchando ao som de uma banda militar. A família compareceu ao evento, acreditando que aquilo era um capricho passageiro. Minha avó resumiu o pensamento de todos, provocando um suspiro de alívio no grupo reunido no pátio.

– Isso é fase. Passa. – ela disse, analisando o vestido florido – Além do que, menino tem bicho-carpinteiro. Nunca vi fogo de palha maior. Amanhã já vai estar interessado em outra coisa.

Mas ela se enganara. Eu sonhava com a escuridão das coxias, com o murmúrio velado do público aguardando o início do espetáculo, com a dança das pequenas partículas de poeira, iluminadas pelos refletores. Eu já tinha decidido: ia ser ator. E, uma vez que proclamei minhas vontades, foi declarada a sutil guerra familiar. Uma guerra muito injusta, devo acrescentar. De um lado, toda a família que, em bloco, buscava a melhor estratégia para me demover daquela loucura. Do outro, eu cada vez mais teimoso, tentando mostrar indiferença às provocações. Elas geralmente vinham na hora do jantar, quando todos estavam reunidos.

– Já imaginaram quando seu irmão for ator? – minha mãe começava.

“

Eu sonhava com a escuridão das coxias, com o murmúrio velado do público aguardando o início do espetáculo, com a dança das pequenas partículas de poeira, iluminadas pelos refletores.

”

Era o soar dos clarins para o ataque. Meu irmão empunhava a espada e avançava, os olhos brilhando.

– Já estou até vendo – ele dizia, saboreando as palavras – Os artistas fazendo a cena e, de repente, ele entra. Atravessa o palco, carregando uma bandeja nas mãos, para diante da artista principal, respira fundo e diz: "Carta, madame!".

Todos caíam na gargalhada e eu, ainda enfraquecido pelo golpe, tentava me manter controlado. O inimigo, entretanto, não tinha piedade. Meu irmão mais novo, encorajado pela perseguição, dizia que tinha escrito um poema e, a pedidos, lia sua obra que, invariavelmente, era uma bobagem qualquer sobre um rapaz que queria ser ator e terminava os dias como operário-padrão numa montadora de automóveis.

Eu acabava ficando vermelho e, antes do fim do jantar, capitulava, empurrando a cadeira para trás e refugiando-me em meu quarto e em meus sonhos, enquanto ouvia as gargalhadas da família, comemorando mais um tento.

Tudo passou com uma rapidez espantosa. Mamãe se foi, sem saber se eu ia ou não fincar pé no palco e, conforme eu fui avançando na carreira, os risos foram morrendo na sala de jantar. Mas também, não há mais sala de jantar. Nunca mais aquelas reuniões familiares, aquele aconchego tão íntimo, aqueles olhos esperançosos, dispostos a desbravar o mundo. Eu chego até a sentir falta de nossa guerra, em minhas noites de insônia.

Um dia desses, eu estava com papai e minha irmã, e ele, ao abrir a carteira, mostrou que tinha uma foto minha lá dentro, protegida pela capa de plástico. Minha irmã riu.

– Você não faz ideia – ela me contou – Ele está sempre mostrando a sua foto, louco para que alguém pergunte alguma coisa. Aí, ele faz uma conferência sobre você. Já viu uma coisa dessas?

Olhei para meu pai, a cabeça branca, tão diferente daquele homem que se sentava à cabeceira, e não pude deixar de abraçá-lo, tamanha a ternura e a dor que me vararam o peito. Ele me olhou com aqueles olhos infantis e eu compreendi que ele me mandava uma mensagem secreta.

– Perdi a guerra – seus olhos sorriam – Graças a Deus!

2. DO PALCO

O TELEFONEMA

Em 1960, exilado no México, o grande diretor de cinema Luis Buñuel recebeu um convite oficial do ministro da Cultura da Espanha, ainda sob o jugo da ditadura de Franco. A essa altura, o mestre já era considerado um dos maiores diretores de cinema do mundo e Franco não via com bons olhos o exílio daquele que era um dos mais talentosos filhos da terra. O convite era mais do que generoso: Buñuel podia regressar para realizar qualquer filme que desejasse, reencontrando suas raízes e o olhar de seu povo. O convite foi aceito (acredito que não sem, antes, profundas reflexões) e Buñuel filmou *Viridiana*, uma de suas obras-primas.

O filme, é claro, já tinha sido pensado e era peça importante no processo de busca do artista, que lutava para libertar-se da rígida formação católica que ele abominava. Um violento libelo contra a Igreja Católica que apoiava a ditadura franquista, *Viridiana* ainda hoje é um filme impactante. Buñuel, sabedor de que aquela história não teria um final feliz, escapou para Paris, assim que a última cena foi filmada, levando com ele os negativos e deixando para trás um irado ditador, que demitiu o ministro e tentou impedir a exibição do filme no Festival de Cannes, de onde saiu com a Palma de Ouro. O filme foi proibido na Espanha e o Vaticano o condenou violentamente.

Quase uma década depois do escândalo, uma cópia surgiu no cine Itamar, num daqueles programas duplos que juntavam os gladiadores à nouvelle vague sem nenhum pudor. Como eu vivia naquele cinema e já

“*Sua* Viridiana *andava comigo, nas noites em que eu não conseguia dormir.*”

era um rapazinho, o porteiro fez vista grossa para a censura e foi assim que vi Silvia Pinal dar vida à noviça de Buñuel. Há muitos anos não vejo o filme e não sei se continua tão impactante quanto foi na época, mas acredito que sim. "Viridiana" é o sagrado coração exposto em sua crueza. Fiquei anos com imagens do filme na cabeça e Silvia Pinal entrou para a galeria das minhas divas. Agora mesmo, enquanto escrevo a crônica, num fim de tarde incendiado, lembro da sensação que tive ao assisti-lo nas cadeiras do Itamar e o quadro vivo dos mendigos recriando a Santa Ceia ainda está guardado em algum lugar do labirinto.

Um dia, eu morava em Copacabana, e estava olhando a tarde morrendo no mar, quando o telefone tocou. A voz bonita, num espanhol cantado, anunciou-se como Silvia Pinal. Demorei um tempo até entender do que se tratava. Ela tinha ouvido falar do sucesso de "A Partilha" em Buenos Aires e queria detalhes sobre a obra. Ficou um pouco desanimada quando soube que não havia exatamente uma protagonista, já que a peça falava de quatro irmãs que dividiam seu passado e a herança da mãe falecida. Não foi uma conversa longa. Eu não consegui lhe dizer que sua Viridiana andava comigo, nas noites em que eu não conseguia dormir. Não disse que seu rosto estava no panteão das deusas que eu vi menino na tela prateada. Foi uma conversa formal e objetiva. Ela disse que ia ler, eu me despedi.

Ainda fiquei um tempo com o telefone nas mãos, lembrando do saguão do velho cinema e de minha avó, que nos levantava pela cintura, para beijar os pés do senhor morto. Quando voltei a olhar o mar, a noite já o tinha engolido. Isso foi tudo.

O AVESSO DE PANDORA

QUANDO MENINO, OS PRESENTES de Natal eram guardados no quarto de minha avó, comprados ao longo do ano, já que eram muitas crianças. Sabíamos que, atrás das portas dos armários, empilhavam-se caixas de brinquedos e rolos de papel de presente, todos com estampas alusivas à data. Lembro-me especialmente de um, com crianças rosadas patinando no gelo, ao redor de um pinheiro, todas elas usando luvas de tricô. O papel tinha vida curta, a não ser que fosse resgatado por minha avó, que já reciclava tudo, muito antes da conscientização global. Geralmente, era rasgado sem piedade, na ânsia de descobrir o que havia dentro das caixas. Fascinavam-me as caixas e, até hoje, confesso, elas exercem sobre mim uma atração poderosa. Gosto, enfim, de adivinhar-lhes o conteúdo.

Um dia desses, me procurou uma moça e disse que sua avó, recentemente falecida, fora uma espectadora fiel de teatro ao longo da vida e que comentara, antes de falecer, que gostaria de me oferecer a coleção de programas que ela guardara durante todos aqueles anos. Agradeci, emocionado, combinamos tudo e, alguns dias depois, chegou a caixa. Grande. Cinza chumbo. Lacrada com fita adesiva. Estava sobre a cama, como aqueles presentes expostos, nos dias dos anos. Adivinhei-lhe o peso, tranquei-me no escritório e rasguei a fita com a excitação do menino que antevê o brinquedo. Dentro, envelopes alaranjados guardavam o tesouro. A mulher, que eu não conheci, deixou-me parte de sua história, através daquelas noites em que foi ao teatro, e posso mesmo adivinhar-lhe os gestos, comprando os programas e buscando as poltronas, nas salas de então.

Adivinhar vidas que passaram pelos teatros é uma de minhas manias. Gosto de chegar cedo e alimento a fantasia de que aqueles que passaram a vida sobre as tábuas do palco nunca conseguem deixar os espaços, como um prêmio, ou condenação. Imagino que os fantasmas vivem sentados nas varas de luz, pendurados nas cordas, assistindo lá do alto do urdimento ao desempenho dos colegas. Mais de uma vez me senti observado, como se os colegas ali presentes (todos revisteiros do passado, devo admitir, porque são eles que vêm à comédia) estivessem a julgar-me, naquela determinada função. E gosto igualmente de adivinhar vidas para a plateia, como a da senhora que deixou-me a história de suas idas ao teatro.

De volta ao escritório, enfiei a mão num envelope e puxei um dos programas, ao acaso. *A Casa de Chá do Luar de Agosto*, na célebre montagem do TBC, com meu querido Italo Rossi, vivendo seu inesquecível Sakini. Aquelas páginas, guardadas por tantos anos, com tanto esmero, abriram as portas do tempo e voltei à São Paulo da época, aplaudindo os talentos que solidificaram as bases de nosso teatro. Pude até mesmo apreciar a neblina que envolvia aquela noite de outubro em 1956, quando se estendeu a mão para apanhar o programa. A mão que eu imagino clara e fina, quando enfim apago a luz para dormir.

A caixa tem vivido aqui no escritório e, volta e meia, quando as pressões do trabalho cotidiano tornam-se insuportáveis, dou um rápido mergulho em seu universo. Não me canso de agradecer a essa mulher que, como Pandora, me ofertou uma caixa cheia de emoções e sentimentos. Parte de uma vida que eu não conheci, mas que, espero, aceite esta crônica como uma prece.

UM DIA DE GENTE

JÁ BEM TARDE, DEPOIS DA GRAVAÇÃO de *Sai de Baixo*, eu vinha com Sarita, que foi me visitar, pela Oscar Freire, em São Paulo, quando uma mulher avançou, surgindo das sombras. Mulata, um rosto largo, olhos indecifráveis, queixo agressivo e um sorriso imaculado, perfeito, nada condizente com o resto do conjunto: uma camiseta suja e uma bermuda surrada, um resto de tênis, meio enfiado nos pés. Ela buscou as palavras, com uma cortesia exagerada, mas verdadeira.

– Eu me chamo Irene, muito prazer. Trabalho aqui, na área, olhando os carros e sempre fico vendo aquele mundo de gente na fila da gravação do programa.

Pausa. Ela passou a mão nos cabelos desgrenhados, aflita, como se armazenasse fôlego para o resto. Arriscou um olhar para Sarita, mas ela olhava para o outro lado, para a prostituta de botas de leopardo, na esquina da rua Augusta.

– Daí que eu fiquei imaginando se o senhor...

Eu brinquei e disse que o Senhor estava no céu. Ela riu também, concordou e prosseguiu.

– ... pois é, eu fiquei pensando se o senhor não arranjava jeito de eu assistir à gravação – ela disse e emendou um gesto frenético, as palavras rápidas, com medo de uma negativa. – É claro que eu vou arrumada, não vou fazer o senhor passar vergonha, eu prometo.

“

Como não soube
o que dizer,
simplesmente sorri.
Ela piscou o olho
escuro, como se me
assegurasse de que
tinha entendido
o silêncio.

”

Ela me olhou, com uma expectativa de criança. Eu disse que tudo bem, que ia deixar o convite na porta, na próxima semana, que ela procurasse fulano, às tantas horas, que o convite dela estaria lá. E rumei para o restaurante, porque eu tinha amigos à espera, o estômago reclamava um prato quente e a gente acaba empurrando a imagem daquela mulher para algum canto obscuro da mente, porque é essa a nossa insustentável forma de sobrevivência emocional.

– A pobreza me constrange, muito. Sempre – Sarita disse, estendendo a mão para uma tira de cenoura, que olhou e colocou de volta, os olhos maquiados subitamente tristes. – Acho que vou tomar um vinho.

Voltamos para o Rio, na manhã seguinte e a semana passou veloz. Quando dei por mim, já estava outra vez em São Paulo, no palco, gravando um novo programa. Fiz minha primeira entrada, brinquei com a plateia e, de repente, vi Irene na primeira fila, batendo palmas como uma foca, a cara explodindo de felicidade. Uma coisa de se ver! Saia xadrez, blusa branca, de gola alta, os cabelos aprisionados num coque, ela era só felicidade.

Irene estava no circo. Irene ria com os palhaços.

Fiz o programa para ela. Fui equilibrista, mágico, trapezista, palhaço, tudo para ela. Ela recebeu a homenagem com uma alegria rara, um prazer desmedido. Ao final, aplaudiu com vontade, enquanto fazíamos o cortejo final das atrações do picadeiro.

Mais tarde, quando saí do teatro, ela estava esperando, parada no saguão, o sorriso pregado na face.

– Gostou, Irene?

E Irene fez que sim e me deu um abraço, o sorriso ainda imóvel, no rosto.

– Eu queria agradecer. Principalmente porque o senhor me botou na primeira fila!

Eu pensei em explicar que temos um rodízio de filas e, a cada semana, os convidados dos atores ocupam filas diferentes. A primeira fila para os meus convidados, naquela semana, tinha sido obra do acaso. Mas não disse nada. Irene continuou.

– Sentada na primeira fila! Eu te juro que me senti gente! Hoje eu tive um dia de gente!

Como não soube o que dizer, simplesmente sorri. Ela piscou o olho escuro, como se me assegurasse de que tinha entendido o silêncio.

– Quando quiser, é só pedir... eu te convido – eu disse, talvez esperando uma explosão de alegria, que não veio. Estranhamente, ela declinou e disse que agradecia muito, mas que não queria abusar, de modo que me despedi, um pouco sem graça, sorrimos ainda uma vez, e caminhei de volta para casa.

Mais tarde ao telefone, contei a Sarita que a mulher, aquela da noite de São Paulo, lembra? Pois então! Esteve lá, sentou na primeira fila e depois me disse, imagine só!, que tinha tido um dia de gente. Ela me disse isso, você acredita?

Sarita ficou em silêncio, depois falou com uma voz distante, certamente olhando para o esmalte das unhas.

– Foram essas as emoções do seu dia? – ela perguntou e depois deu um grunhido sarcástico. – Parabéns, querido. Você mudou o mundo.

E desligou, antes que eu pudesse adivinhar que ela estava emocionada, pensando na vida anônima de Irene, olhando para as unhas coloridas, no seu quarto branco.

Humilhados em silêncio

Na comédia há um momento para os atores que recria a imobilidade das aranhas. É o ponto necessário para que o riso corra solto plateia afora, o arremate para a piada. Se o texto é bem dito, se a respiração é correta, o riso espalha-se como a fumaça do gelo seco e vai envolvendo a plateia numa espiral arrebatadora. Os atores então param, porque a festa acontece bem a sua frente e quem é do palco sabe que não existe vibração mais bonita do que a de uma plateia que ri junto. É também no momento das aranhas que estabelecemos uma serena intimidade com aquelas pessoas e adivinhamos seus rostos na penumbra.

No meio do segundo ato de *A Gaiola das Loucas*, no libreto de Harvey Fierstein para a farsa de Jean Poiret, há uma frase que eu adoro. O travesti Zazá, rejeitado pelo filho do companheiro, que ele criou como mãe zelosa, após gritar sua indignação contra a ideia de ser excluído do noivado, acaba resignando-se a interpretar um travesti masculino para impressionar os pais da noiva do rapaz. Sentado no sofá, os olhos em busca de forças, ele diz a máxima: "Eu fui criada no cristianismo. Aprendi a ser humilhada em silêncio". Noite após noite, Diogo Vilela reinventa aquela frase e o riso brota na plateia como uma cascata que ganha força no final, porque todos ali aprenderam a ser humilhados em silêncio e a gargalhada que cresce na caixa escura é de uma clareza libertadora. Aproveito a imobilidade do momento e corro os olhos pelos rostos que riem. É delicioso assistir ao vestir das carapuças e à reação a seguir. A frase cresce no interior de cada uma daquelas pessoas e a manifestação lembra uma panela de pipocas que começam a rebentar.

Temos sido todos humilhados em silêncio, eu penso, parado naquele palco. Nosso teatro, então, tem uma patética vocação para a coisa. Somos sempre os coitadinhos, os que reclamam, os que não têm nada. E continuamos humilhados em silêncio, porque as lamúrias preenchem outros vácuos. Eu, confesso, nunca tive vocação para isso. E continuo não tendo.

Simone Gutierrez, a estrela de *Hairspray*, atualmente um dos maiores sucessos dos palcos paulistanos, uma atriz de imenso talento, uma cantora adorável e uma dançarina espetacular, não foi lembrada em nenhum dos prêmios (não são muitos, mas enfim!) que são oferecidos pela e para a classe artística e que nos juntam a todos num mesmo saco de gatos. Por quê? Em nome de quê? É mais do que impressionante. É revelador. As acanhadas premiações deixam de fora o público, seu encanto e suas escolhas e o fim dessa história nós já conhecemos, porque indiferença não gera outra coisa. Fica o registro como um bisão na parede de pedra. O teatro só alça voo quando é plural, quando aquece a alma e nos incita ao sonho. Lutamos bravamente contra o avassalador crescimento da mídia eletrônica, resistimos e, paradoxalmente, estimulamos essa cotidiana humilhação em silêncio, rosnando uns para os outros nos bares da moda, incapazes de mudar o que quer que seja. Ou essa aldeia se abre para o futuro, ou está condenada ao desaparecimento como a mítica Macondo daqueles anos de solidão, eu penso, ainda parado no palco.

Atrás da cortina

Engraçado as coisas que a gente é capaz de pensar, atrás da cortina.

Há um determinado momento do segundo ato de *O Beijo da Mulher Aranha* em que fico atrás de uma cortina, sentado num banquinho, à espera do fim da canção principal do revolucionário que Tuca Andrada interpreta com paixão. Fico ali, noite após noite, com o mesmo campo de visão, a mesma sonoridade invadindo os ouvidos, as mesmas luzes e sombras. Os olhos tentam alcançar outros horizontes, mas é sempre o mesmo sinal luminoso, o mesmo alerta vermelho de emergência que atinge a escuridão da coxia, as mesmas silhuetas nos bastidores, as mesmas velas brilhado nas mãos dos atores-personagens que lutam por um futuro melhor, na cena e fora dela. Todos se movimentam, enquanto eu aguardo, imóvel, atrás da cortina, como um menino que busca o esconderijo embaixo da escada ou como qualquer animal que busca a sua toca. É a hora em que entendo a fala de meu personagem, aconselhando outro a pensar na mulher que ama, para aplacar o desespero de clausura indesejada: "Tente pensar nela! Ajuda!" – eu digo com alguma piedade por aquela jovem alma de fogo, incitando à fantasia de delírio. Mas penso, também, ali, atrás daquela cortina, que não ajuda não. Que o pensamento constantemente voltado para alguém que está longe só faz aumentar a ferida, como um machucado que nunca sara.

Atrás da cortina pintada com um cartão-postal carioca, estou sempre colocando as coisas em ordem, pensando nos rumos que quero dar a minha vida, nos meus descaminhos, nos meus acertos, nos meus erros, na minha voracidade e no meu medo de parar e perceber que a ilusão é ainda maior do que suponho.

Aguardo o fim da canção de Tuca com a respiração fraca, um animal numa posição extremamente frágil, eu penso, sempre com a cabeça mergulhada em pensamentos, o alerta abandonado na parede, incendiando o ar com a luz vermelha.

Esta noite, em especial, estou sentindo frio. A camiseta decotada do Molina que represento não combina com a chegada do inverno paulista e eu mexo as pernas, para que o sangue circule mais rapidamente. Claudia Raia segura uma piteira, sobre minha cabeça, no cartaz da cena, travestida de Aurora, e meus músculos endurecem com o frio que invade as coxias. Quando o maxilar se contrai, quando a pele do braço enruga com o sopro do inverno, chegam as lembranças do gelo, aquela sucessão de imagens claras e noites brancas, como fotografias:

– Il neige, Il neige! – o menino grita na saída do metrô, em Paris.

Uma época em que eu tinha crises de pânico e não sabia o que era. Achava que estava com alguma doença terrível e secretamente amava o meu destino trágico de romântico. O futuro era de uma incerteza apavorante, a Europa não era meu lar e eu andava pelas ruas engolindo mais ar do que o necessário. O coração descompassado parecia que ia pular do peito e Paris se apresentava sempre tão bela, cheirando a lavanda e manteiga, nas manhãs de outono. Eu engolia ar demais e nunca parecia ser o bastante. Engraçado as coisas que a gente é capaz de pensar, atrás da cortina.

Um dia fui levado por uma amiga até um velho vietnamita que me disse algumas coisas bem interessantes, lá para as bandas de Alésia. E esse homem de cabelos brancos teve a sensibilidade de entender que eu não seria feliz em nenhum outro lugar e disse que eu deveria voltar logo, até antes do previsto. Aproveitei a deixa, enchi meu coração de esperança e obedeci. E acabei curado por Doris Day, lendo seu livro. Ela tinha os mesmos sintomas e quando ameaçava ter uma crise, respirava dentro de um saco de papel para repor gás carbônico. Já faz muito tempo. Acho que foi o frio que me trouxe essa imagem esmaecida do passado.

Agora imagino os meninos nos sinais, jogando suas bolas para o alto e o pensamento altera minha respiração. Uma nuvem gelada passa por ele, doendo o peito. Os meninos com frio na noite de São Paulo, esfria cada vez mais – a madrugada chega a ser transparente. Os meninos que atiram suas bolas para o alto, os malabaristas de braços finos e azulados no começo do inverno. Mais cedo ou mais tarde, vamos sentindo raiva deles, porque sua magreza, sua tristeza, seu desamparo nos incomodam e é tão mais fácil simplesmente não olhar para o lado. Lembro das crianças, imóvel, atrás da cortina, contraindo o corpo, os braços e o coração.

Tuca está terminando a canção, com o resto do elenco. Todos entoam as notas finais e a plateia aplaude calorosamente. O dever me chama. Respiro fundo e outra imagem ameaça vir. Mas, como já não há mais tempo para pensar em nada, estendo a mão e abro a cortina de um só golpe, sentindo a vibração dos aplausos que morrem na plateia.

O resto é personagem.

Vertigo

Ela sentava-se no banco de cimento, no quintal, amassando a comida, mas suas mãos eram brilhantes de tão limpas. Usava saias que caíam pernas abaixo, meio sem forma, tecido grosso, encorpado. Falava, talvez, de felicidade, e sobre a necessidade de buscá-la em algum lugar dentro do peito, porque ali por fora não havia jeito de apanhá-la desprevenida. Explicava, a seu modo, que felicidade é bicho arisco e a gente precisa surpreender, ou escapa e desaparece na curva. Mas é possível flagrá-la em um momento de desatenção, bebendo água na cacimba. Com certeza, ela falava de felicidade, as pernas esticadas para a frente, os olhos miúdos, atrás das lentes, os pés enfiados em velhas chinelas. Falava de felicidade, enquanto engolia o olho atônito do peixe. Era felicidade, sim. Se não acreditam em mim, perguntem ao grande Borges, pois o mestre já tinha entendido que felicidade é possível. O fato é que a imagem dela está sempre lá, no banco de cimento, ao fundo dos acontecimentos, sem cronologia, sem ordem aparente, cada vez num momento da história, como a carta que muda de lugar, depois de embaralhada.

A seis metros do palco, espremido no urdimento, num trapézio maquinado, eu ouço o elenco que canta o prólogo, enquanto aguardo a minha entrada em cena, no papel do profeta Baptista. Francisco Farinelli precisou se ausentar do *Godspell* por um mês e aqui estou eu. É claro que não imaginei que precisaria desempenhar o papel, ou não sei se teria criado a marca. Chico me disse que eram uns oito minutos de reflexão e ele tinha razão. Em pé, no trapézio, uma tapadeira negra na frente do rosto, vou garimpando algumas de minhas pedras que andavam escondidas.

Foi assim que, no domingo passado, ela esteve lá, comigo, talvez sentada numa das varas de luz, amassando a comida e, depois, fazendo seus pequenos bolos de arroz, feijão e farinha. A carne sempre ao lado – mais do que uma iguaria, uma possibilidade. E falava de felicidade, pois vivia na esperança dos anjos e orixás. Uma vela para os santos daqui e outra para os de lá. Sempre naquele quintal que o olhar adulto descobre acanhado, empobrecido, a cal dos muros suja, a grama crescida abafando as risadas das crianças. Ela falava de felicidade, disso eu tenho certeza.

Curiosamente, enquanto escrevo, percebo que esqueci de como soava aquela voz, de que maneira ela timbrava as palavras que escolhia. Já não me recordo de seus queixumes, já não consigo recuperar sua cantiga, mas ainda sinto o aroma da frigideira e a alquimia de seu tempero. A importância desse elo, a parte de mim que é dela, os aromas das panelas voltam, volta o lenço amarrado na cabeça, mas não volta o som de sua voz. Foi assim que aconteceu domingo, nas alturas – as palavras voltaram estáticas, sem nenhuma voz, sem nenhuma música de fundo. Apenas um esboço silencioso do que a vida foi um dia.

Lá no alto, sem poder me mexer, o coração alterado pela adrenalina de toda a apresentação, talvez por causa do simples movimento em direção aos céus, talvez pelo platonismo a que sou forçado, mas as imagens sempre chegam muito rapidamente. No domingo, outras felicidades também vieram, empurrando o quintal para mais além, na ânsia de serem lembradas.

Chegou também uma frase linda de Malraux, que alguém me enviou, dia desses: "Não é o historiador que assegura a continuidade da História. É o poder do artista sobre o sonho dos homens". Eu disse a frase baixinho, logo que as luzes se acenderam sobre mim. O calor aumentou, mas respirei aliviado. Quando se acendem as luzes, é porque falta pouco para a hora marcada.

Lá vai uma pipa redonda nos céus, que são sempre mais azuis nas cores dos sentimentos. Uma pipa que se esgueira por entre os cabos, os refletores, sobre a cabeça dos maquinistas. Há um céu de pipas na lembrança de muitos de nós. O céu dos meninos de olhares febris e limites apertados. Aquele era o nosso céu de felicidade, penso, a nossa promessa de anjos e a nossa cadeia do tempo. Não me lembro dos meninos tendo um contato tão cedo com a dor de desejar mais do que lhes era oferecido. Lembro de bolas de vidro colorido rolando para dentro do triângulo rabiscado na terra e dela sentada no banco de cimento, a saia presa entre as coxas, falando de felicidade.

Pouco antes de o trapézio começar a descer, quando as cordas e sopros da orquestra preparavam a chegada do profeta, ela fez uma última entrada. Voltou para a frente do fogão, mexendo a panela de doce de goiaba, a mão firme empunhando a colher de pau. Não haveria tempo para tentar adivinhar o som de sua voz, acima da introdução que já era ouvida, de modo que mergulhei no espetáculo e me esqueci dela, no meio dos cantos das luzes. No final do primeiro ato, ainda lancei um olhar para o urdimento, na esperança de vê-la pairando no alto, mas ela não me deu a graça. Já tinha voltado para a sua morada, vizinha de outros pedaços de mim que também vagam pelo sonho.

MANGA

South American Way ENCERROU a temporada paulista neste último domingo e, como sempre acontece, no derradeiro pano, os corações se encheram de um abandono comovido. O elenco brincou de pássaro e bebeu mel das canções com prazer especial. Fiquei ao lado de Maria Carmem Barbosa, no fundo do teatro e, todo o tempo, um aroma de manga madura brincou com os meus sentidos, todo o tempo, uma imagem sobrepunha-se à cena – a estampa que eu vi, ainda outro dia, na Fonte da Saudade. Eu vinha na direção de Botafogo e, bem na curva, logo depois da Santa Margarida Maria (eu me lembro que pensava em quem teria sido a santa, pois gosto da história dos santos e de suas abnegações, gosto dos olhares febris e das transcendências), surgiu uma mangueira linda, o tronco rente ao muro da casa, a rama avançando sobre a calçada. Mal eu fiz a curva, acompanhado pelo vento, meu coração deu um baque, me faltou ar, a mangueira estava carregada e as mangas se mostravam sem pudor, as cascas com grandes manchas cor-de-rosa brilhando na tarde.

Todos nós temos aroma de manga na história, todos sabemos reconhecer a folha, quantos de nós já não escalou galhos, até o alto, o bando dos pequenos primatas sonhadores. Na minha casa de lembrança havia três pés. Um bem na frente, imenso, antigo (a lenda familiar contava que vovô comprara o terreno por causa da mangueira), ao lado do portão de madeira azul. Outras duas no fundo. Mas era na última que eu gostava de

“

Depois dos abraços
e de alguma
lágrima, porque
todos sem exceção
já dissemos adeus
que chegue...

”

me sentar, na forquilha do alto, olhando para aquele céu de luminosidade rara, que é o céu do passado.

Pois é esse aroma de manga e de verão que me visita, no meio do espetáculo, e o resto das frutas, nos turbantes da estrela, parecem se justificar. Arrisco um olhar para Maria Carmem e ela está sonhadora, olhando para o palco, com um brilho d'água no fundo do olho. Talvez esteja sentindo o mesmo perfume, penso, talvez esteja, ela também, e por que não toda essa gente, agarrando-se aos galhos de alguma árvore. Vou descendo na direção dos camarins, escorregando junto ao revestimento de madeira, olhando para os rostos na penumbra, que fitam o palco e fitam além, as bocas que cantarolam junto com os atores as canções da tribo e o cheiro da manga e o amarelo exagerado que exibem na carne aqui comigo, todo o tempo a meu lado, por causa de uma paisagem urbana que eu vi ainda outro dia, na Fonte da Saudade. Tudo parece cair no lugar certo quando chegam o perfume e a cor da manga madura – os ombros das atrizes que se movem em sincronia, a cadência marcada, os quadris que ondulam, os pés que batem na madeira do palco, marcando o ritmo – todos os meninos e meninas no alto das árvores, sonhando com mundos distantes. Todos no alto daquela mangueira que adorna a curva – essa alegria que o inesperado me ofertou, na dureza do concreto.

Depois dos abraços e de alguma lágrima, porque todos sem exceção já dissemos adeus que chegue, voltei para o apartamento e não conseguia dormir, não conseguia me livrar do perfume da manga. Deitado na cama, tentando mergulhar no sono, pensava nos rostos na penumbra, cantando as canções de Carmem, como cantigas que a mãe nos contou no berço. Pensava nesse exílio que carregamos conosco, que nos chega como herança, pensava nas mangas que nos sujaram o rosto, o caldo amarelo escorrendo pelo queixo, os olhos sorridentes logo acima. Pensava, como pensou Pessoa, o que é ser rio, e correr? O que é está-lo eu a ver? Parado outra vez na calçada oposta, admirando as formas daqueles frutos, inventando uma civilização onde as árvores fossem morada de deuses e o fruto sua comunhão com os mortais.

E pensava, por causa da polpa amarela, que era como o sol rompendo a casca, os olhos arregalados de espanto, no conhecimento que precisamos manter vivo, nas canções que precisamos cantar, vez ou outra. Pensava em gente, nos falares curiosos, na graça e na ternura que encontramos na língua, na palavra de intimidade que rola na boca, nos códigos que estabelecemos, mas sobretudo pensava em gente, revisitava o bando em sonhos, deitado no quarto, sentindo um calor que não existia. Os gritos da tia Eurídice ecoando no quintal: se tomar leite depois de chupar manga, fica torto! Tantos sustos nas pequenas almas! Tanta culpa nas pequenas camas!

Acabei desistindo do sono, já que ele não quis se deitar comigo. Na cozinha, um bilhete de Zilda: Paulo esteve aqui e deixou um presente na geladeira. Estranhamente, ele deixou duas mangas. Estavam envoltas em papel roxo, sobre um prato branco e eram tão lindas quanto as da minha imagem. Não sou conhecido entre meus amigos por amor a mangas, de modo que o presente veio repleto de mistério. Mas eram lindas, de qualquer maneira, de modo que sentei-me na sala, escancarei a janela e fechei o ciclo. Chupei a manga como quem lê um livro, como quem se embriaga com o perfume do amor.

Lá fora, eu podia ouvir ao longe, a cidade ainda estava alvoroçada, mas aquela manga inesperada, que já tinha se mostrado numa lembrança do futuro, abriu as comportas de vez, de modo que as buzinas ficaram para trás, o peito lambuzado ficou para trás e eu saí à cata daquilo que gosto, até adormeci, sem saber como, sem saber por quê, apenas a chama que se apaga.

3. DO AMOR

Rapsódia Húngara

A gente vinha subindo a serra e Elizete cantava no gravador "foste a sonoridade que acabou" e não sei por que, mas Mary começou a falar da língua húngara que, segundo lhe disseram, não declina nos verbos. Aparentemente, naquela forma de expressão, todo verbo só existe no infinitivo, daí que a noção de tempo só pode ser dada pelo substantivo, ou seja: existe um cigarro que ainda não foi comprado, um cigarro que se fuma e um cigarro que ainda não existe – presente, passado e futuro. E o verbo, descansado que ele só, fica se balançando na pasmaceira de um modo único. Isso, se for verdadeiro, deve mudar todo o ponto de vista de uma cultura, a gente vinha conjeturando, porque elimina a dúvida: as coisas são ou não são. Não sei se é assim, não tenho nenhum conhecimento da gramática húngara, mas, uma vez que a história é lançada no ar, a fantasia fica toda assanhada, daí que enveredamos por questionamentos do coração, porque é nele mesmo que tudo acaba, e a gente se perguntava: como é que se diz "eu te amei um dia"? Se o verbo continua amar, sempre amar, o objeto tem que rebolar para entender que o amor acabou, não é mesmo? Pensando bem, é sempre assim. Os objetos amados têm muita dificuldade em lidar com certas mudanças, gramaticais ou da alma.

Bom, estava garoando no caminho, Elizete parece que tinha adivinhado e cantava "a noite está tão fria, chove lá fora" e nós nos perguntamos se as hortênsias iam florescer logo, porque fica tão bonita a estrada para o sítio, quando elas estão abertas, esparramando aquele azul todo no mundo, e o ar foi ficando mais fino, aquele ar serrano que entra pelas narinas e acabamos abandonando de vez o tema da suposta gramática húngara e resolvemos ficar mesmo no coração, embora ele seja tão incompreensível quanto a língua estrangeira. Daí que eu fiquei pensando que triste mesmo é a gente perceber que o filme está acabando e que a gente não vai ficar com quem se ama no final. Porque isso acontece muitas vezes, não é? É impressionante a facilidade com que se cortam laços nesses tempos que correm. A gente conhece um casal e toma como modelo de companheirismo, amor, sei lá mais o quê e aí, de repente, vai tudo por água abaixo e lá se vão eles, em busca de alguma coisa que, desconfio, nem eles mesmos sabem o que é. Tudo muito fácil. O amor desse final de milênio tá esquisito, a gente vinha subindo a serra e sonhando com um amor do século XIX, cheio de promessas e juras, aquele amor que desafia os limites da carne.

E fomos desfiando o rosário das lendas, cada um contando um caso, e passamos por Petrópolis e fazia cada vez mais frio – acho até que ficamos falando de amor para esquentar por dentro – e Elizete chegou ao fim da jornada, recomeçou sem que notássemos e, de repente, ela já estava cantando "e tu pisavas nos astros, distraída", e nós procuramos estrelas, mas não havia nenhuma mais exibida, todas estavam recolhidas, irritadas com o nevoeiro que engolia a estrada e aí eu lembrei de uma mulher que eu conheci um dia e que desapareceu. Geralmente são os homens que saem para comprar cigarro e nunca mais voltam, mas dessa vez foi a mulher. Tinha um casamento que parecia feliz, uma casa boa, amigos, um marido que lhe fazia todas as vontades, e um belo dia ela foi embora, sem um telefonema, um aviso prévio, uma denúncia vazia, nada. Virou as costas e partiu. O marido, até hoje, não sabe o que aconteceu e, como isso já faz muito tempo, a gente nem pergunta mais. Demos o fato como consumado e ponto final, mas eu vivo intrigado com o paradeiro dela, fascinado mesmo, porque me fascinam as pessoas que torcem seus destinos dessa maneira. Tem dias que eu penso em largar tudo, juntar uma grana e ir vender sorvete num quiosque, num shopping em Helsinque, na Finlândia, essa é a minha fantasia adolescente secreta, mas no fundo eu sei que não vou a

Minha amiga nunca mandou um cartão, nada. Apagou o passado... de repente, eu soube,... que ela tinha fugido para Budapeste, que vivia com um novo amor...

lugar nenhum, vou ficar por aqui mesmo, porque foi assim que eu escrevi o livro de minha vida.

Minha amiga nunca mandou um cartão, nada. Apagou o passado e nem uma palavra se deu ao trabalho de enviar, eu pensava, e finalmente chegamos e estava um frio muito grande, daí que acendemos a lareira e que fiquei olhando para a dança do fogo e, de repente, eu soube, de alguma forma, que ela tinha fugido para Budapeste, que vivia com um novo amor, aprendendo a declinar substantivos e objetos, feliz com a oportunidade de poder partir a qualquer hora, mantendo o verbo no infinitivo, o coração na bolsa e uma lágrima no canto do olho, que ela ainda teima em afirmar que é um cisco.

Eu soube e gostei da sensação, gostei de saber que ela não precisa mais dizer adeus, que ela repousa no passado, envolta em papel de seda azul, como as hortênsias que ainda não floriram, porque feliz é aquele que conhece o perfume do que perdeu.

E acabei indo dormir, com a cabeça cheia de ideias, querendo um final feliz, com direito a beijo na boca e tudo mais. Araras estava mergulhada numa fina névoa branca, àquela hora da madrugada, os cachorros faziam serenatas para uma lua escondida e eu adormeci, ouvindo ao longe, vinda de não sei onde, a rapsódia húngara de nossas esperanças.

Silêncio no apartamento

Tenho alguns amigos espalhados no mundo. Amigos mesmo, daqueles de muitos anos, gente que dividiu comigo os primeiros sonhos. Pois alguns desses meus eleitos resolveram rescrever suas histórias, torcer seus destinos e lançar novas raízes em terras estrangeiras. Tenho saudades deles e, volta e meia, algum instantâneo volta e preenche o meu dia, alheio à minha vontade. E porque ficamos longas temporadas sem qualquer encontro, olhamos para o rosto de um e de outro e descobrimos neles o passar dos anos e a história dos sonhos de cada um, como um mapa que fôssemos desenhando nas faces.

Diva Pacheco está hospedada comigo em São Paulo. Veio para a estreia do *Godspell*. Tudo correu muito bem, o espetáculo funciona e chega ao coração do público. Fiquei feliz com o trabalho. As canções que eu traduzi em algumas madrugadas de insônia soaram da maneira como deveriam e o público cantou conosco a louvação. Foi uma noite muito feliz no teatro e, quando Noé finalmente desce de sua arca e canta que é possível encontrar de novo essa civilização e reerguer impérios dos sonhos, cidades dos anjos, mistérios da luz e não da escuridão, todos nós, envolvidos na montagem, desatamos no choro.

Mas eu falava de Diva Pacheco. Ela entrou no escritório, depois de arrumar as malas para partir. Estava elegantemente vestida de negro, com os cabelos louros presos num coque e óculos escuros de aro de tartaruga.

– Saudade é a pior coisa que tem – ela me disse, querendo chorar. – É uma coisa que não passa nunca.

E me abraçou, porque era chegada a hora. Xuruca, sua filha, que transforma linha em lindas peças de vestuário, já tinha terminado de arrumar todos os rolos e novelos que comprara. Beijos, abraços, o eterno aperto por dentro nas horas de despedida e elas se foram. Silêncio no apartamento. São Paulo, lá fora, também não andava ruidosa. Sobre o sofá amarelo, um pequeno pedaço de linha cor de vinho, como uma fatia de vida cortada. Era ali que Xuruca sentava-se, as mãos febris, cruzando fios, como quem traça o destino.

Nessas horas de silêncio, aqueles que estão longe sempre vêm. As minhas lembranças fazem uma longa fila, esperando atendimento. Acho que com a maioria das pessoas é assim. Há, é claro, aqueles que acreditam que é possível um único olhar para frente. Abrem mão do prazer que é vasculhar o passado, como um sótão de cinema, em busca das próprias preciosidades. Mas todos nós sabemos que isso é tarefa impossível. O amanhã se tempera com o ontem. É assim que deve ser.

A tarde se foi, veloz, e as lembranças vindas, de toda parte e de toda gente que anda distante. À noite, voltando para casa, parei para uma última cerveja e joguei conversa fora com uma moça que andava por ali, à espera de um último cliente. Ela acabou me contando um pouco de sua história, com um prazer envergonhado e palavras escolhidas. Morou na Europa, andou pela Suíça, mas tinha saudade de casa. Se tivesse conhecido um homem que a desejasse, teria ficado, ainda que com o coração partido. Mas não teve sorte e acabou voltando. A coisa por aqui anda difícil, mas é melhor do que viver com a saudade martelando por dentro. Ela era bonita, às vezes quando tombava a cabeça e apanhava os cabelos com a mão espalmada por detrás do pescoço. Falava bem, gostava de ler e sabia que em seu ramo, a promessa do sexo é tão importante quanto o ato, por isso toda ela era uma sedução estudada.

– Quando é que a gente conta o tempo, você sabe? – ela perguntou e, em seguida, bebeu um gole de cerveja, sem tirar os olhos de mim.

– Quando é que a gente conta o tempo? – eu perguntei de volta, sem entender aonde ela queria chegar.

– Quando se ama. A gente conta o tempo quando se ama.

E não disse mais nada. Ficou pensativa, assuntou o movimento da rua, engoliu o resto de cerveja do copo, limpou a espuma que ficou nos lábios e piscou um olho maquiado antes de partir.

Voltei para casa com a imagem daquela mulher na cabeça, descendo a ladeira dos Jardins, os saltos altos batendo na calçada escura. Ainda agora, sentado diante do computador, a luz brilhante da tela enchendo o quarto, penso no que ela me disse. Nostalgia é sentir a passagem das horas e chorar o dia que passa. Seguindo esse raciocínio, se os nostálgicos contam o tempo, é porque amam. Chego feliz à conclusão.

Agora é hora de ir para cama. Antes, como um ritual, vou visitar alguns amigos que estão por aí, trilhando caminhos deste vasto mundo. Vou atender algumas lembranças que estão esperando há tempos e, depois, mandar o resto embora. Há muito o que fazer por aqui, agora. Muito trabalho. Um olho aberto para o amanhã e o outro vasculhando o que se foi. Gosto disso. E é com saudade na alma que a gente avança na estrada. Saudade na alma, um gosto de beijo na boca e alguma esperança no embornal. O resto, acreditem, é excesso de bagagem.

O AMOR E O TEMPO

O DIA SE ESTENDE À MINHA FRENTE de braços cruzados, deitado no leito do tempo e eu, sentado na varanda do meu quarto, aguardo. Há muito, muito tempo que não tenho essa sensação de observar a vida que passa, na ciranda frenética do cotidiano, correndo daqui para lá, um carro que espera às onze, outro buzinando à uma e meia, o avião que sai às seis, o jantar na madrugada, as manhãs sonolentas, as perguntas tantas vezes feitas, a mesma história contada e recontada, o rosto de maquiagem no algodão da lixeira, o nome rabiscado às pressas numa página de agenda, um sorriso aqui, outro mais adiante, um olhar de desdém, um riso reprimido, uma mão que tenta inutilmente segurar um pouco deste ou daquele momento para, em seguida, avançar sobre o outro, na vã tentativa de agarrar o tempo.

E, então, de repente, tudo para. No agreste de Pernambuco, sentado na varanda de meu quarto, no alojamento dos atores de Fazenda Nova, nesta Jerusalém construída de pedra, no Nordeste brasileiro, eu simplesmente aguardo. Mais tarde, quando a noite cair e o público imenso lotar as dependências deste que é o maior teatro ao ar livre do mundo, eu vestirei o manto encarnado do governador da Judeia e cederei às pressões dos príncipes e sacerdotes, ordenando a morte do Nazareno. Mas isso vai ser bem mais tarde. Agora, só me resta investigar o horizonte e dividir esta fatia de tempo que me é oferecida com lembranças e saudades que me assaltam, ansiosas, porque descubro que estavam na fila de espera já havia muito tempo.

Um camaleão veio dormir ao sol. Bem aqui, vizinho a meus pés, talvez atraído pela música. Truman Capote já tinha escrito que esses pequenos répteis gostam de ouvir música e esse meu companheiro de vadiagem parece concordar, mexendo a cabeça lentamente, indiferente à minha presença, perdido em seus próprios pensamentos, engolindo o ar quente da manhã. Ontem, choveu um pouco, muito pouco, mas a terra sedenta se encarregou de apagar qualquer vestígio de chuva. A natureza aqui é impressionante, eu penso; a vegetação hiberna, toda quieta, e tudo é um sem-fim de esperança de algum verde. Ao longe, como numa ilusão de óptica, a uniformidade da cor engana os sentidos e parece um vasto campo nevado o horizonte deste dia. O céu é de um azul tão carregado e tão imóvel em sua grandeza que me vem à lembrança um verso de Coleridge, cantando a calmaria do mar: éramos um barco pintado sobre um oceano pintado.

Pois é assim que me imagino, hoje, uma figura pintada, sobre um horizonte pintado. Uma figura à espera, muda, incapaz de domar as emoções que me tumultuam a alma. Descubro que nada sei sobre o tempo e, como não consigo entender seus intrincados mecanismos, estou constantemente lançando um olhar equivocado sobre as coisas. Alguém já disse que só seremos capazes de entender o amor, no dia em que entendermos o tempo. Até lá, vamos continuar amando de ouvido, eternos repetentes desse curso, sem saber que a aprovação na matéria do amor é pré-requisito para outras matérias e que, exatamente por isso, não temos acesso a outras cadeiras mais adiantadas na graduação da existência.

É preciso se educar para o amor, eu penso. Não só o amor carnal, este que nos move e nos inflama que nos faz ser leais a quem nos mata, mas o amor maior, imenso, pelas coisas e gentes deste mundo e que vai desaparecendo, pouco a pouco, nesta civilização vulgar que construímos com tanta voracidade.

A calmaria deste dia me dá a estranha sensação de que o amor anda cansado. O amor pelas palavras, o amor pelo próximo, o amor por qualquer delicadeza que a vida possa nos fazer. Eu queria, e como queria, voltar à escola e encontrar um dedicado mestre na arte de amar, alguém que nos tomasse pelas mãos e nos guiasse pelos descaminhos do sentimento. No meu Ministério da Educação, amor seria matéria prioritária.

Leio o que escrevi em voz alta, na busca de algum erro, e o camaleão me olha. Seu olhar minúsculo e excitado quebra o encanto e ele se vai ao encontro de um companheiro, que corre mais adiante, achando tudo isso uma grande bobagem, rindo de meu despreparo, ele que já trouxe nos genes o amor pelos insetos que devora e pela terra que o esconde. A natureza é sábia quanto à transitividade dos verbos, eu penso, e penso que, como dela fomos nos afastando gradativamente, perdemos a capacidade de amar sem objeto, amar só por amar. Nossos corações urbanos, banalizados pela violência das cidades e massacrados pelos "ismos" da civilização moderna, desaprendem, com uma velocidade surpreendente, o amor de instinto. Somos como atores que não tiveram tempo para estudar a personagem, vacilantes no texto e no olhar.

Agora, o sol já vai bem alto e o mundo é uma claridade. O céu veio baixando de mansinho e tenho a impressão de que eu posso tocá-lo se estender a mão num gesto vago. Um cheiro de jasmim vem chegando e com ele vem a saudade de tanto beijo e tanto sussurro e tanta promessa e tanto êxtase. Não a saudade dolorida embalada no papel da perda, mas a saudade gorda e plácida dos amores múltiplos que meu coração acolheu pela estrada. Hoje, sentado na varanda, com o olhar perdido no horizonte do agreste, eu me descubro amando. E sorrio para o mundo, agradecido pela nova oportunidade, sem ousar pedir mais nada.

Duas vezes o amor

Jantando com amigos, entre eles Denise Sarraceni, que olha o mundo com calma e sabedoria. Falamos sobre a compreensão do amor e a dificuldade de atingi-la, da necessidade cada vez maior de simplesmente deixar o amor fluir de você, como uma fonte que brota na pedra, às vezes caudalosa, às vezes um fio d'água que mal se vê, mas ainda assim amor, traçando seu rumo por nossas vidas.

Foi uma noite muito agradável e voltei para casa com todo aquele amor pensando na minha cabeça, querendo que ele deixasse de ser intelecto e batesse as asas do sentimento, aquelas mais fortes, mais violentas, que provocam os ventos e mudam o traçado das coisas. Que esse amor descesse para o peito, as pernas, o sexo, e fosse brotando sem mágoa, sem medo e sem culpa, era assim que eu ia pedindo, como quem estava rezando, debruçado no gradil.

Fiquei na varanda, olhando para a Lagoa escura, tentando recuperar a pureza do sentimento que se perdeu por aí, no meio de tanta briga, tanto ódio e tanto egoísmo. Por onde andará aquele amor sem nome, que vinha do nada e que o peito atirava para os céus? Essa é a pergunta que me faço. Novamente eu adivinho as aves que voam na noite, fantasmas brancos que entram e saem da luz, como atores ensaiados. Não sei que espécie de ave é essa que voa à noite pelas margens da Lagoa, o que sei é que sempre me assombram quando as vejo de relance.

Esta noite, eu penso, estou um pouco como uma daquelas personagens de Marguerite Duras. Ela sai da cama, olha-se no espelho, e sentencia: hoje começa a minha velhice (ou qualquer coisa do gênero). Mas é que minha cabeça vai girando por cima da cidade, em busca do passado, de uma resposta, de você. Tantas vezes essa minha cabeça já se perdeu por amor e tantas vezes equivocou-se na jornada. Tantas vezes ficamos como crianças, sem saber o caminho de casa. E o caminho de casa é o caminho de volta, sempre. Talvez por isso, o sentimento de velhice apareça, talvez por isso a lembrança da personagem de Duras – porque é velho que começa a pensar na volta.

A verdade é que estou cansado. Cansado de muitas coisas, às vezes cansado de mim. Acho que todo mundo já esteve cansado de si, em algum momento da trajetória. Hoje, por acaso, estou assim, novamente sonhando com um recomeço, alimentando as fantasias de voltar para o ponto de partida e começar tudo outra vez. Outra vez. Essas duas palavras juntas continuam sendo um momento mágico para qualquer ser vivo do planeta.

Depois liguei a televisão mas, com raras exceções, sempre tenho a sensação de que estou assistindo ao túnel do tempo, tudo parece tão antigo, que desisti e acabei dormindo, com um gosto estranho na boca, uma saudade de não sei o quê. Ou melhor, sei, mas não quero pensar sobre isso agora. Já ando confuso o bastante e meus dias têm sido de constante indagação. Às vezes, a gente precisa olhar para os juízes de mesa e pedir um tempo. Fechar a cortina, espantar a preguiça e ver tudo que fez de errado na montagem. Por que sempre há possibilidade de uma reestreia, num outro teatro. E com outro elenco.

Jantando com amigos, entre eles Arlete Salles. Sentada na cadeira da varanda, a luz da lua no rosto, ela me fala de amor também. Com a delicadeza de sempre, porque Arlete tem aquele tipo de poesia que não se aguenta e derrama pelos olhos. E lá fomos nós, enumerando os sentimentos, outra vez lembrando de histórias compartilhadas, de beijos roubados e carícias ao luar. Lembrar de grandes amores é fazer literatura. Não há nada mais ficcional do que uma história de amor já vivida e é por isso que todo mundo gosta de contar as histórias de seus amores. Porque à medida que a narrativa evolui, vai se editando as piores partes, enfatizan-

Não há nada mais ficcional do que uma história de amor já vivida. Acaba-se contando a história do jeito que a gente gostaria que ela tivesse sido.

do esta ou aquela passagem, enfim, acaba-se contando a história do jeito que a gente gostaria que ela tivesse sido, como um filme muito bom que gostamos de contar.

Duas vezes na semana o amor me fez visita. Falei dele, lembrei de seu sorriso e de seu jeito de jogar tudo para o alto, sem medir as consequências do gesto. Depois, quando a casa estava em silêncio e o mundo dormia, eu abri todas as janelas e fiquei olhando para a massa de modelar azul-escuro que era o céu naquela noite. Então, numa cerimônia secreta, eu pedi que o amor viesse, sem tempo, espaço ou objeto. Estou esperando. Não recebi nenhuma confirmação do pedido, ainda, mas não perdi as esperanças. Afinal, o impossível não há.

PLANTAS BAIXAS

NÃO SEI SE A COISA ACONTECE SÓ comigo ou se há um clube cheio de membros, mas tenho a mania, ou melhor, a necessidade, de guardar, nos arquivos da memória, as plantas baixas dos lugares onde morei. Volta e meia, falando no telefone, no escritório, em vez dos rabiscos abstratos usuais, eu me flagro tentando recriar as plantas das diversas moradas, como se elas pudessem me ensinar outra vez a minha própria geografia. E até podem, porque, no processo, os traços acabam por se tornar paredes e o ambiente ressurge do passado, como num passe de mágica. Lembrar das dimensões de um quarto é, de certa forma, lembrar da dimensão dos amores que por ali passaram e, a cada nova visita, descobre-se um novo detalhe que andava esquecido. Como é certo que Deus está nos detalhes, acho que o hábito é saudável. Tenho até certa inveja de quem viveu a vida toda numa única casa, porque sempre são sólidas as pessoas que conhecem perfeitamente o terreno onde pisam. Tive muitas casas e muitos abrigos, portanto, guardo uma grande quantidade de plantas amontoadas na lembrança e catalogá-las, sem que acabem misturadas num passado comum, é tarefa para alguns dias de devaneio.

Ainda hoje mesmo, eu rabiscava a casa de meu avô, na Ilha do Governador, que mais tarde, por herança, passou a ser de papai e que existe até hoje. A casa era grande. Dois andares, cinco quartos, dois banheiros na extremidade do corredor, um quintal cheio de gatos e a ensolarada sensação de que ali o tempo descansava. No térreo, havia um salão comprido que, na época de meu avô, ostentava dois barcos de corrida pendurados no teto, porque vovô adorava remo, entre outros esportes. A casa ficava vazia a maior parte do ano, olhando a enseada, à espera das férias de verão. Nós morávamos nos fundos do terreno, que cobria toda a extensão do quarteirão, já que nosso sobrado dava para a avenida e, nas noites de verão, quando se pescava siri e o enorme circulador de ar rangia seus ferros, voltar para casa pelo terreno escuro era assustador.

Foi ali, no corredor do andar superior que uma tia, certa vez, viu uma alma. Ela, segundo o relato, era mocinha, tinha 14 anos, embora já fosse noiva, prometida. Certa madrugada, acordou com muita vontade de urinar e não se incomodou em acender a luz, já que o luar iluminava tudo. Como a casa estava adormecida, também não se preocupou em fechar a porta e instalou-se no vaso que fitava o corredor. A alma surgiu bem lá na frente e veio em sua direção, como se flutuasse. Apavorada, com as calcinhas arriadas no meio das pernas, ela entendeu que a alma tinha um recado para lhe dar, mas minha tia não lhe deu a chance de cumprir a tarefa. Gritou com toda a força e a mensageira desapareceu, assim que a casa se iluminou alarmada.

– Hoje eu sei que ela tinha vindo me dizer para não casar com seu tio. – ela encerrava a história. – E eu, burra, não entendi o recado.

Minha tia já não vive mais. Mas seu grito ainda ecoa naquele corredor. Eu termino a planta baixa do piso superior e calculo que a alma deve ter surgido bem na porta do meu quarto, cuja janela abria-se para a mangueira em flor e onde eu ardia no pecado da adolescência.

Mas isso já é outra história.

Resoluções

De vez em quando, alguém diz o teu nome ao pé do ouvido. Escuto com claridade o teu nome e, na minha cabeça, ele vai vibrando em ondas até o centro. Acho que acontece com todo mundo, não sei. Um nome que se faz ouvir no silêncio, trazendo com ele uma melodia outra, facilmente reconhecível e cheia de saudade.

Aconteceu ainda agora. Eu deitado na cama, assistindo ao vídeo daquele filme do Tom Hanks, *À Espera de um Milagre*. Estava muito entretido com a história, quando o teu nome se fez ouvir. Cheguei até a virar a cabeça, achando que alguém tinha entrado no quarto, mas foi impressão. O quarto estava vazio, até meio abafado com esses ares quentes que sopram entre as chuvas. Tom Hanks na televisão e mais ninguém. Mas tenho certeza de que alguém sussurrou teu nome, como quem suspira.

Algum espírito desocupado, com certeza. Disse o teu nome, sabendo que iria me desassossegar e de quebra acordou a lembrança das cigarras que abandonavam a pele nos troncos das árvores, na infância de São Cristóvão. Costumávamos usar a casca das cigarras no peito, como uma medalha. Depois, elas eram esmigalhadas sob os pés velozes das crianças. Umas cascas avermelhadas, castanhas, agarradas ao tronco com garras serrilhadas. Tenho andado com esse odor nas narinas, o cheiro forte de São Cristóvão no começo do estio. A fumaça perfumada do sabão e do açúcar encharcando os primeiros anos.

E sempre as pipas no céu do subúrbio. Sempre esse azul imóvel, brilhante. A nitidez das cores da lembrança é impressionante. Acho que, ao contrário do que dizem, a lembrança vai ganhando cores cada vez mais vibrantes com o passar dos anos. Os amarelos e os vermelhos de nossos verões inesquecíveis brilham diante dos olhos, em contraste com as cores do cotidiano. As pipas de todas as cores pintadas no céu da memória.

Hoje, estou desatando essas imagens de amor. As minhas, as nossas imagens de amor, porque as coisas são como são: no momento em que escrevo e no momento em que você lê, abrimos esses arquivos de imagens geradas a partir do amor, que são – vamos admiti-lo antes que seja tarde – os nossos arquivos prediletos. Tudo o que realmente nos interessa está arquivado ali. Na câmara escura de nossas recordações. Imagens que vamos recolhendo vida afora. Elas têm nome e uma história para contar, cada uma delas. E nostalgia, meu amigo, nada mais é do que a saudade da emoção vivida, num determinado momento que passou veloz.

Há quem diga que o amor nada mais é do que uma sensação provocada, para evitar a loucura da espécie e perpetuar o predador. Uma ilusão passageira, uma descarga de substâncias certas no sistema. Lubrificação. Cuidados com a máquina.

Seja lá o que for, andei tomando resoluções práticas para a existência. Nunca mais nesta vida quero ter saudade de beijo. Nunca mais a nostalgia daquele mundo de línguas dançando balé no céu de nossas bocas. Nunca mais! E juro que nunca mais nesta vida quero tentar entender o amor. Quero deixar que ele passe por mim, como um pé de vento que sopra folhas e poeira num arranjo aprumado. Eu fico ali, no meio do redemoinho, só achando tudo muito bom. Depois, o amor se vai e a gente continua a tocar a existência. Assim é que deve ser.

Nunca mais nesta vida quero gente se indo. Já está de bom tamanho. Coração da gente vai absorvendo os golpes (que são muitos e de todos os lados, sempre. Com quase todo mundo é assim). De repente, as pessoas começam a ir embora, por morte matada e morrida, por desamor, por tristeza, por ansiedade, por medos diversos, seu coração vai recebendo as pancadas e uma hora dá vontade de dar um berro, sair vomitando as mágoas todas que a gente foi engolindo. Nunca mais gente partindo sem motivo aparente, sem dar nome aos bois ou uma denúncia vazia. Nesta vida, nunca mais!

E nunca mais, nesta breve passagem, a palavra não dita, o gesto parado no ar, dissolvido antes do afago. Nunca mais a dose nossa de orgulho besta, a solidão das noites perdidas por amor desenganado, o coração parado, à espreita. Isso, não. Quanto mais o tempo passa, mais a urgência da felicidade ilusória e da química do bem-estar, essas coisas todas que se operam em nosso íntimo.

Nunca mais. Nunca mais um dia atirado ao nada, nunca mais o verbo que não se completa, todas as palavras que não foram ditas, todas elas, uma após a outra, formando frases, pensamentos, sentimentos, amor costurando o texto, que é linha que não refuga de jeito nenhum. Nunca mais. O coração se magoando todos os dias, a gente engolindo sapos e lagartos e se esquecendo de que é capaz de mudar cada uma das histórias, reescrever o livro de nossas vidas. Uma hora mais cedo e a cena teria sido outra ou o que teria acontecido se você não tivesse ido àquele lugar, àquela noite, quando o universo conspirava contra nós? Quem é que vai nos explicar? Certamente não esse espírito brincalhão que passou por aqui e sussurrou o teu nome.

Por isso, repito: nesta vida, nunca mais!

Da arte de amar o estranho que passa

Corre o sol pelo asfalto, descendo a rua Augusta, como água na corredeira, jogando luz nos cantos, amarelando tudo, um sol repentino, um sol de buzinas, um sol de rostos anuviados que se abrem num ou outro sorriso ao ver a luz chegar. Corre a menina de negro, os cabelos vermelhos, os olhos pintados, uma dezena de brincos no nariz, como uma jovem de alguma distante tribo africana. Ela passa por mim olhando fixamente para a frente, como se perseguisse alguma presa, os olhos escondidos atrás da grossa camada de maquiagem. Atrás dela, corre a dona de casa, alguns quilos acima de seu peso, lutando contra o cabelo que teima em lhe cair sobre os olhos, arrastando uma menina de olhar sonhador. Ela esboça um sorriso triste e arrasta a criança rua abaixo, olhando de esguelha para as vitrines cheias de roupas para mulheres magras. E ainda passa correndo o homem de terno escuro e têmporas grisalhas, uma ruga profunda no meio da testa, uma determinação nos passos que chega a assustar.

Eu tomo mais um gole do café – forte, amargo, cheio de lembranças em seu aroma – e observo o grupo de funcionários do salão, todos de branco, como um bando em revoada, gritos agudos e braços que se agitam ao mesmo tempo, enquanto correm para atravessar a rua movimentada. Mas tocam o pé na calçada e a frota de carros brilhantes toma seu lugar, correndo ladeira acima, enquanto o sol corre no sentido oposto. E corre fumaça, corre criança com fome, correm mulheres ricas com arcos dourados nos cabelos, japoneses, coreanos, judeus ortodoxos de chapéus negros e cachos balançando ao vento.

O café termina e eu continuo sentado ali, os olhos fixos na rua que ondula com a respiração das gentes que vêm e vão – e eu brinco de lhes adivinhar os sonhos, inventar histórias sobre este ou aquele, perceber um detalhe curioso que vai para o livro das particularidades de ser humano. Essa observação cotidiana faz muito bem. É como um exercício da alma esse olhar para a gente à sua frente, em vez de não enxergar o outro, que é como somos ensinados a nos comportar. Um longo aprendizado este, o da arte de amar o estranho que passa.

O jovem chinês, recém-chegado a São Paulo, me oferece relógios, cremes, óculos de sol. Salta sobre mim como um tigre faminto, abrindo a mala surrada e produzindo quinquilharias e cosméticos. Vai falando uma mistura de inglês estropiado, português e uma linguagem corporal intensa. Eu acabo comprando um par de óculos e ele despenca ladeira abaixo, feliz como uma criança, sacudindo a cabeça, em agradecimento.

Observo seu corpo e percebo que ele corre de forma graciosa. Há um encanto em sua figura magra, a mala parecendo muito mais leve do que realmente é.

Ainda para na esquina e acena. E o gesto traz uma certa atmosfera chinesa, quase uma estampa: lanternas vermelhas e revelações trazidas pelo ópio, deitado nos fundos de um cabaré, enquanto a garota de cabelos negros e lisos, aquela que tinha tatuagem de dragão na base do pescoço, fuma atrás da cortina de contas de cristal.

A arte de amar o estranho que passa.

É quando conseguimos ir além do sexo, além de nossas repulsas, além de nossos medos. É quando conseguimos olhar além, quando somos capazes de entender a santidade de alguns eleitos, aqueles que foram ungidos e que nos ensinam a difícil arte de viver na totalidade cada novo dia que nasce, ainda que ele não lhe traga nenhum grande acontecimento. Amar o movimento da areia que corre por entre o vidro da ampulheta, a serpente emplumada do nosso destino previsível. Amar o gracioso meneio

“

*Sempre despedidas,
porque é disso
que é feita nossa
existência, não
vamos nos iludir.
Vivemos a despedida
de cada dia, antes
mesmo que ele
venha à luz.*

”

dos cabelos das garotas do elenco, cantando "Adeus, batucada" – lenços brancos e despedidas. Sempre despedidas, porque é disso que é feita nossa existência, não vamos nos iludir. Vivemos a despedida de cada dia, antes mesmo que ele venha à luz.

Mas tudo parece estar no lugar certo, quando o homem canta e celebra, quando Stella corre para Soraya, que estende um olhar para Agnes, que, por sua vez, eleva aos céus sua voz rara e com ela vem Germana, Sheila, Isabela, Janaína, Rita, mulheres do Brasil, cantando essas joias do nosso cancioneiro. Os rapazes, encantados com as vozes de mães e amantes e companheiras, respondem com o tom grave dos queixumes e a música pousa na alma com tal propriedade, que é como um beijo cada nota que chega pelo ar.

Estou amando um punhado de canções. Estou amando um elenco de talento. Estou, talvez por causa de tanta graça recebida, amando o estranho que passa. Começo a engatinhar nesta arte tão pouco difundida, mas com alguns bons praticantes em todos os continentes. Bem mais difícil para nós, corações urbanos marcados com as grifes, rótulos e etiquetas da nossa existência vulgar, difícil, mas não impossível, eu penso assim.

E, talvez por isso, eu me sente aqui, como alguém em uma margem, olhando o sol que corre pela rua Augusta, bebendo outra xícara de café, olhando para um par de óculos que eu jamais irei usar, mas que fez um jovem chinês sorrir na manhã de buzinas e carros brilhando. Essa é a ideia da coisa. A arte de amar o estranho que passa. Ainda que não saibamos ao certo de que modo fazê-lo.

UM HOMEM, UMA LANÇA E UM CÉU DE ESTRELAS

EU COMEÇO COM A FÍSICA, pois ela rondou meu pensamento durante a semana. Não aquela matéria que não aprendemos na escola, aquela visão matemática da física, mas sim o lado oculto da ciência, o homem que mergulha em seus mistérios e que busca o conhecimento com um olho na obra de Deus. Fiquei pensando nisso como quem pensa no caminho, como quem memoriza as curvas da estrada ou aprende o mapa impresso nos céus dos oceanos.

O lado sagrado de toda matéria é o que nos seduz no universo, no final das contas, eu imagino, e assim as imagens vão surgindo na minha cabeça, assim as palavras se alinham: se voltássemos a ter esse olhar para o todo, se fôssemos capazes de ir além de nossas pequenas matérias e vaidades, talvez voltássemos todos a trilhar o caminho, e a evolução da espécie reiniciasse a jornada, eu penso, enquanto o dia desaparece na moldura da janela e a noite cai.

Talvez entendendo o lado oculto da física, pudéssemos compreender o amor, e quando isso acontecer, imagino, se isso acontecer – lá fora o sol morreu como uma bola de fogo e os últimos pássaros apressam-se para voltar aos ninhos da mata, vindos do alto-mar –, se a retomada da busca vier, penso, não tenho dúvidas, a humanidade seguirá outro

Naquela pequena tribo, onde a vida segue seu curso com uma dureza impressionante, os homens e as mulheres também sofrem por amor, assim como nós.

curso, sem a rigidez de uma velha fórmula. Vamos começar a aprender a amar nas escolas de um novo tempo, daqui a muitos anos, tenho essa lembrança do futuro. E sorrimos ao lembrar de nossas possibilidades. Pois as nossas lembranças do futuro vão além das catástrofes, vão além do caos: se sonhamos, é porque lembramos de tudo que seremos capazes de fazer quando voltarmos para o caminho. Se somos capazes de ainda olhar para o mundo com alguma poesia, é porque sabemos que vale a pena finalizar cada jornada, voltar ao ponto de partida, após a migração de toda uma vida.

Às vezes, eu penso assim – e sigo imaginando, enquanto cruzo a cidade em direção ao teatro. Ainda a física a me perseguir, aguardando o dia em que vai transformar-se na mais fascinante das matérias, na essência das paixões. O *Aurélio* diz que é uma ciência de conteúdo vasto e fronteiras não muito definidas e eu, olhando para a noite estrelada, além do vidro do para-brisa, que abriu a cauda de astros por detrás das nuvens, imagino o que haverá para além das fronteiras. Tanto a aprender. Tanto a caminhar.

Eu chego ao teatro, deslocando o ar e pensando em muita coisa ao mesmo tempo, a cabeça girando – faço o que preciso fazer e, de repente, logo no início do primeiro ato, quando estávamos cantamos o "Quarteto da saudade", com uma luz azulada, o palco encheu-se de insetos alados, saídos das tocas por causa da onda de calor. Eles ficaram voando pelo palco e eu fiquei encantado com aquela aparição, porque eram muitos e, à luz dos refletores, era como um efeito especial – eu pensei, preferindo as minhas estampas, como uma menina vitoriana que colasse um decalque em seu caderno de pensamentos.

E sigo pensando nos longos períodos de existência em que nossos corações batem antigos na cavidade do peito – há longas temporadas de antiguidade em cada um de nós, quando as erupções ocorrem sem controle e tudo jorra de uma só vez, emoções, palavras e versos guardados – essa nossa mania de enterrar o que quer que seja! Esse desejo de revirar a terra, rasgando um sulco com a ponta afiada de um bastão. Como se fosse possível deixar uma cicatriz no planeta, a nossa marca, vista a distância, por olhos de astronautas perdidos no azul.

Outra vez, os povos do caminho. Outra vez, a roda. Pés descalços e canelas feridas, peles de animais mortos envolvendo as peles escuras – na televisão, já quase no fim do documentário, um curandeiro, no coração da África, entre as diversas poções e unguentos, entre as receitas de ervas para curar praticamente tudo, tem um remédio para curar as dores do coração – não as físicas, mas as espirituais que se projetam sobre ele.

Naquele olho do nada, naquela aridez sem fim de herbívoros e predadores, o homem velho, sujo, coberto por um resto de lama seca, produz um bálsamo para os corações partidos. Naquela pequena tribo, onde a vida segue seu curso com uma dureza impressionante, os homens e mulheres também sofrem por amor, assim como nós, os vaidosos habitantes das cidades. Então, para encerrar nossa conversa, fica uma imagem, como uma lembrança do futuro, ou de algum ancestral: na noite estrelada de horizontes sem fim, um guerreiro de corpo luzidio, tão azul quanto o ar que lhe cobre a cabeça, olhando para a vastidão do céu de astros, bebe de um só trago a poção mágica, esperando que seu coração pare de doer, por causa da amada que não lhe quis.

Um homem, uma lança e um céu de estrelas. Princípio e fim da roda de mistérios.

4. DO MUNDO

Um quilômetro a mais

Dia desses, numa daquelas mesas divertidas no fim de noite, Claudia Jimenez mudou inesperadamente o rumo da prosa e nos contou quanto sofreu no início de sua adolescência por causa do *bullying* imposto a ela pelos valentões da escola. *Bullying* é o termo utilizado para descrever atos de violência física ou psicológica, intencionais e repetidos, praticados por um indivíduo, o "bully" (valentão), ou grupo de indivíduos com o objetivo de intimidar ou agredir outro indivíduo (ou grupo de indivíduos). Segundo ela, para fugir do assédio e da intimidação, costumava trilhar um caminho muito maior na ida e na volta da escola, evitando as zonas consideradas perigosas.

O silêncio caiu sobre a mesa, e eu percebi, nos olhos de cada uma daquelas pessoas, que aquele quilômetro a mais que Claudia afirmava ter trilhado durante bom período da adolescência espelhava-se nos vários quilômetros extras que cada um de nós tinha percorrido em sua trajetória, na vã tentativa de fugir à intimidação dos valentões que povoam este planeta. Infelizmente, o *bullying* não é apenas um fenômeno entre adolescentes com baixa autoestima, tentando afirmar-se sobre aqueles que consideram mais fracos. O desejo de *bullying* cresce dentro desses indivíduos, amadurece na salmoura da crueldade e continua a nos assombrar vida afora, como aquele pesadelo recorrente que desejamos evitar.

Claudia, é claro, graças a seu inegável e imenso talento, sobreviveu às ofensas e chacotas cotidianas, transformando o sofrimento numa vitória pessoal, mas há aqueles que não suportam a pressão e se deixam abater. Nem todos têm o talento de um Truman Capote que, para fugir ao *bullying* dos colegas e do próprio pai – que o chamava de Miss Sissy –, descobriu que podia pegar um punhado de palavras e atirá-las para o alto, porque elas cairiam no lugar certo. "Como se eu fosse um Paganini semântico", afirmava Mr. Capote. A história das artes, em geral, é recheada de contos de *bullying* intelectual escondidos sob o manto da crítica. A poetisa americana Emily Dickinson enviou alguns de seus trabalhos para Thomas Higginson, editor da *Atlantic Monthly*, uma respeitada revista literária, e ele comparou seus versos a espasmos sem controle. Anos depois, Mr. Higginson tentou retratar-se num artigo sobre as cartas da poetisa, mas o dano tinha sido maior do que ele imaginava.

Não há como fugir do *bullying*. Ele vem de todos os lados, e quase nunca temos tempo de identificar o agressor antes que ele possa atacar. Há, entretanto, uma atitude comum para aqueles que sofrem de *bullying* e que deve ser adotada. O agressor faz o que faz em busca de atenção. Geralmente são medíocres urrando sua total incapacidade de relacionar-se com a espécie.

Aproveite o quilômetro a mais nosso de cada dia para reafirmar seus credos, seus desejos, sua arte e seu encanto. Porque, quando sabemos para onde ir, não há de ser um empurrão que vai nos tirar da rota. Ao contrário, ele nos empurra para a frente.

E, principalmente, entenda o seu agressor. Saiba quem ele é e você vai compreender, como dizia o mestre Osho, que mais importante do que o caminho é, sem dúvida, o caminhar. E isso, meu caro leitor, isso também passará.

A GAZELA

A ÁFRICA ENTROU EM MINHA VIDA através da literatura de Karen Blixen, a nobre dinamarquesa que viveu longos anos numa fazenda no Quênia, entre os kikuius. Lembro da descrição de um jantar oferecido ao príncipe de Gales, na sua fazenda de Blixen. Contrariando os costumes da sociedade europeia extrativista, a baronesa Blixen convida o chefe kikuiu para a festa e ele deixa todos boquiabertos, ao adentrar os salões com majestade inigualável, usando uma formidável capa de peles de macacos azuis. Esse velho guerreiro kikuiu vive no meu labirinto particular e, volta e meia, eu peço que ele se apresente e deslumbre todos com sua formidável capa, porque as histórias africanas são sempre excitantes e têm o poder de abrir as portas da imaginação com violência insuspeitada. Além multiplicar-se com muita rapidez. Quem já esteve no continente africano sabe do que estou falando: a África nos redimensiona e sempre que recrio a narrativa de Karen, colho algumas pérolas.

Há alguns anos, num jantar com amigos, ouvi o relato de um casal que acabava de voltar de um safári no Quênia. Entre as aventuras narradas durante uma deliciosa refeição, regada a bons vinhos, uma me chamou a atenção: estavam ambos na savana, ao nascer do dia, acompanhando o despertar daquela solidão selvagem, quando o guia chamou-lhes a atenção para um guepardo que espreitava um bando de gazelas. Fizeram silêncio e aguardaram. O guepardo falhou na primeira investida e eles já estavam quase indo embora, quando perceberam que uma gazela tinha encontrado um esconderijo perfeito, no meio de uns arbustos. Um dos integrantes do grupo, um idiota contumaz, como diria papai, tentou afugentar o animal, para chamar a atenção do felino e poder assistir à matança. Foi severamente repreendido pelo guia, que aprendera a não interferir na ciranda de amor e morte da vida selvagem. Aquela gazela aprendera a esconder-se perfeitamente, a fim de evitar o inimigo e o conhecimento adquirido seria passado para as futuras gerações na misteriosa transmissão de tudo o que não é dito.

Algo parecido ocorre conosco. Há um conhecimento que vai além da palavra, uma atitude que nos é passada como um bastão de revezamento e que determina o andamento da vida de todos nós. Que lição, por exemplo, nos passam os juízes que permitem que cidadãos processados concorram a cargos públicos, usando da famosa presunção da inocência? Não se trata aí de simplesmente aplicar a lei, mas de entendê-la, discuti-la e, em última análise, não permitir que um paradigma, criado com a intenção de proteger o cidadão, termine por prejudicá-lo. É para isso que eles estão lá, não é? Para nos mostrar de que maneira desaparecer no meio daquele arbusto.

Dessa vez, afugentaram a gazela. E os predadores, nesse caso, via de regra, encerram rapidamente a história.

A GAIOLA

CERTA VEZ, EU GRAVAVA UMA TELENOVELA, quando se deu um fato curioso: havia, na trama, a visita de um circo à cidade fictícia, evento prestigiado por quase todas as personagens da história e, para evitar o deslocamento de todo o elenco, resolveram que o circo seria montado dentro do estúdio. Para lá seguiram os equilibristas, trapezistas, palhaços e começamos os trabalhos. Eram muitas cenas e o plano de gravação, previsto para dois dias, terminou estendento-se para três. Chegou enfim a vez dos chimpanzés amestrados que, talvez por sua incapacidade de verbalizar o descontentamento com a produção, foram deixados para o fim. Entre os símios, havia a eterna macaca de laço de fita na cabeça e saiote pregueado e lembro que comentávamos sobre a tristeza de tudo aquilo, porque geralmente esses animais são brutalizados para aprender os truques, quando a macaca gritou e disse não. A seu modo. Cansada da espera, das luzes e da confusão do estúdio, ela mordeu a mão do treinador com uma violência ímpar. O sangue jorrou e o caos tomou conta da tarde. A história ganhou contornos de anedota, mais tarde, porque eu, na época trabalhando mais do que de costume, atravessava um período de grande estresse e tinha constantes variações de humor. Corre a lenda que o produtor da novela, Sérgio Madureira, ao ser informado da confusão, levou as mãos à cabeça e disse:

– Meu Deus! A macaca está pior que o Falabella!

Anedotas à parte, o fato é que a imagem da chimpanzé brutalizada passou a morar comigo, desde então, e é uma das minhas flores de obsessão mais recorrentes.

Certa ocasião, entrevistando Bárbara Heliodora, a grande crítica e estudiosa de teatro, perguntei-lhe o que a irritava como espectadora, já que suas resenhas são sempre temidas pela classe teatral e seus comentários são propagados nas rodas e telefonemas da classe. Ela me respondeu que a experiência teatral precisava transformar o espectador numa pessoa melhor, fosse através do riso, da reflexão ou da emoção, mas que era essa a premissa básica para a realização no palco. Se isso não ocorresse, o teatro não se justificava e, como bem disse Nelson Rodrigues, era obsceno como uma missa profana.

Tenho observado o processo do circo midiático que quer nos trancafiar a todos na gaiola das macacas brutalizadas. É sedutor o chamado. São lisonjeiros os convites e, se a atenção não for redobrada, estamos todos condenados a perder a alma no mercado de bens mais do que perecíveis. O culto à celebridade, no fundo, é um sinal do desespero da nossa era, o grito de uma civilização que não encontrou saídas para os próprios labirintos.

Mas se aprendi alguma coisa naquela tarde no circo de mentira é que as macacas de gaiola podem dizer não. E, a seu modo, elas acabam dizendo.

A GUERRA DA LARANJA

Finda a maratona que é escrever uma telenovela, corro atrás do prejuízo e tento colocar a vida em dia, vendo tudo aquilo que todo mundo já viu, comentou, guardou ou esqueceu. De modo que vou chover no molhado, mas não posso evitar, já que, tal qual a Carolina do Chico, o tempo passou na janela e, aparentemente, só eu não vi.

Assisti a *Milk*, sobre a vida do ativista gay Harvey Milk, e o trabalho de Sean Penn é realmente uma coisa estupenda, como diria uma de minhas tias, debruçada sobre a mesa de ladrilhos na copa. O filme, é claro, trouxe lembranças de uma época que ficou guardada no labirinto, mas que é de fácil acesso, já que as luzes e a música frequentemente me levam até lá. Donna Summer está sempre cantando em algum lugar nessa parte do meu labirinto e como, atualmente, a navegação em rede nos proporciona viagens sem fim, lá fui eu atrás das histórias daquele tempo.

Fui atrás de Anita Bryant, a cantora americana, ex-candidata ao título de Miss Estados Unidos, que um belo dia resolveu empreender uma cruzada de ódio e repúdio aos direitos civis que os movimentos gays da época tentavam conseguir a todo custo, lançando a campanha Salvem as Nossas Crianças. Que fim terá levado Anita? Eu me perguntei e enfunei as velas, em busca de uma resposta. A história é, no mínimo, curiosa.

Anita, além de uma cantora de relativo sucesso, era a imagem e porta-voz da Citrus Comission da Flórida e a retaliação da comunidade gay

“

Todos
nós aprendemos
a intolerância
muito antes de
falar.

”

deu-se por aí. Todos os bares gays dos Estados Unidos deixaram de incluir o famoso screwdriver (vodca e suco de laranja) em seus cardápios e lançaram um drinque batizado em homenagem a sua opositora.

O Anita Bryant era um drinque feito de vodca e suco de maçã. O boicote logo ganhou a adesão de estrelas do show business e o prejuízo da Citrus Comission da Flórida foi tão expressivo que eles tiraram Miss Bryant de cena, rompendo o contrato com ela. Dois anos depois, na alvorada da década de 1980, Miss Bryant já havia se arrependido, mas aí seu casamento desmoronara e ela foi ladeira abaixo, vítima da própria intolerância. Hoje, aos 69 anos, vive falida e esquecida no interior de Oklahoma, provavelmente afogada no ódio que cultivou durante aquele período.

É curioso como todos nós aprendemos cedo sobre a intolerância. Geralmente sussurrada nos corredores, uma palavra encharcada de raiva, um olho assustado logo acima. Todos nós aprendemos a intolerância muito antes de falar. Vem junto com os anticorpos. A Guerra da Laranja é, entretanto, um bom exemplo de como lidar com ela, porque a sociedade de consumo caminhou apressadamente para um beco sem saída e nosso mundo globalizado, que nós acreditávamos seria de maior entendimento, cada vez mais nos afasta e segrega.

Todos nós, independentemente de credos, opções sexuais e raça, queremos esperança e já percebemos que ela não vai simplesmente pousar nas almas. Esperança conquista-se. E é a palavra redescoberta que vai nos fazer acreditar, enfim, que o amanhã será melhor amanhã.

Sol da meia-noite

Ando pela madrugada, com óculos de lentes alaranjadas, que conferem um calor inusitado ao concreto do centro da cidade, a essa hora avançada. O longo muro da fábrica, de tijolos avermelhados, parece brilhar, coberto pela gelatina ensolarada que filtra o mundo para os meus olhos. Se tento tirá-los, a noite é triste, fria e pálida. Rapidamente, cubro os olhos e o mundo volta a parecer um lugar aconchegante, enquanto o táxi acelera viaduto abaixo e eu penso que óculos são perigosos, esses que possuo. Óculos de ilusão. Com eles, a noite é uma faixa de luz quente, os rostos saltam de alegria pintada, após a imersão no corante. Sei que nada disso é verdade, sei que é ilusória essa visão de luz, mas não estou com vontade de ver o mundo do jeito que é, esta noite, de modo que os mantenho no rosto, como o gato de óculos do filme que eu vi quando era um menino.

Uma máquina: sobre o tablado de metal brilhante, dividido em blocos, como um jogo da velha, os adolescentes coreanos saltam, num ritmo perfeito, enquanto vão lendo, através de setas, a coreografia a ser executada, no visor da frente. Eu fico parado, vendo o grupo dançar com movimentos precisos. Converso com a garotada e eles me informam que esse tipo de máquina é febre na Coreia, organizam até campeonatos. Tento uma música, mas não tenho a rapidez necessária e a coordenação para executar com os pés o que meus olhos leem, de modo que fico de expectador, encantado com as meninas de olhos amendoados e cabelos negros – meninas do futuro com presilhas neon na cabeça. São Paulo tem esse tipo de boa surpresa na noite. Essa loucura de ficção científica – algo como garotas coreanas saltando numa máquina de luzes brilhantes, na madrugada da Mooca.

Avanço noite adentro e os adolescentes coreanos ficam para trás. Na pista de dança, mulheres louras surgem de toda parte. Cabelos tingidos, descolorados, reinventados, roupas muito justas, sexo como marca, sexo nos decotes, sexo nas bocas pintadas de vermelho, sexo no ondular dos corpos. Os meus óculos de noite conferem à massa de cabelos amarelos um tom incendiado e as peles ganham ar saudável, de fruta madura, eu penso. E danço e sinto o suor molhar a camisa e bebo um uísque e tento falar com alguém, mas desisto. A música está alta demais. O ritmo do bate-estacas dentro da pista de dança é o coração da terra, o imenso coração urbano de nossos cotidianos.

O bando de mulheres louras também fica para trás, enquanto os ponteiros do relógio correm na direção do dia, como crianças com medo do escuro. Na volta, viaduto neon, concreto. Finalmente retiro os óculos e a noite parece marchar como a flor da hora. A cidade vai correndo ao lado da janela do carro: Sampa, Caetano, a mais completa tradução de Rita Lee, esquinas, gente que não dorme nunca, mais viadutos, mais neon e mais concreto. Sem os óculos, o mundo se transforma numa realidade dura, suja e solitária. Eu esmago o nariz no vidro gelado do automóvel, deixo meu olhar se perder em busca de outras imagens urbanas, outras madrugadas, outros corações. Como aquela noite em que a estátua promocional de King Kong incendiou-se na avenida Nossa Senhora de Copacabana, na frente do Roxy, lançando um rolo de fumaça preta para o alto. O seu sorriso no meio das chamas, o seu estupor pela cena inacreditável. Um gorila em chamas na selva de concreto. Imagens que não se apagam e que o coração teima em resgatar nas horas mais loucas.

Porteiro sonolento, câmeras de segurança, grades, chaves e trancas. Televisão antes de dormir e um pouco de Olimpíadas e uma certa frustração por não sermos os campeões que desejaríamos. Mas somos campeões em sobrevivência e esperança. Nessas modalidades, o ouro é nosso, já há muito tempo. Aciono o dispositivo para que ela adormeça logo depois de mim e finjo que o vozeiro é de gente que se foi e que veio me visitar, para matar a saudade. Às vezes, os meus mortos chegam todos de uma vez, fazem fila e se deixam inspecionar com uma generosidade que não é mesmo deste mundo.

Na segunda noite, já no Rio, assisto à final do vôlei de praia feminino e, com o resto do público, vou torcendo baixinho pelas jogadoras. Uma prece comprida vai se desenrolando língua afora, olhando para as adversárias australianas. Depois, quando a derrota se consuma, um silêncio pesado toma conta de tudo e vou dormir sem achar graça em nada, com vontade de ter à mão aquele par de lentes coloridas que aqueceram a outra madrugada e que deixei em São Paulo.

Lá fora chove sem parar. Amanhã bem cedo já tenho de voltar e não pude sequer fazer um carinho maior nos cachorros, brincar com eles, que não devem estar entendendo o meu desaparecimento. Aliás, os cães não devem entender muita coisa. Eles tentam bravamente mergulhar na ilusão, mas não conseguem esconder a saudade, no fundo dos olhos magoados. O seu ganido baixo e queixoso me acorda sentimentos que eu escondi provisoriamente. Estou com saudades de mim, eu penso com o nariz esmagado no vidro frio da janela do quarto. Janela do coração. Todas se abrem para o nascer do sol da meia-noite, nas madrugadas insones. Janelas e mais janelas que vão se escancarando numa fileira interminável.

O futuro vem chegando rápido demais.

Casulo

E de repente, ela está ali: uma lagarta no asfalto de Ipanema. Uma lagarta colorida, gorda, que avança vagarosamente em sua jornada estranha. "O que diabos ela vai fazer do outro lado da rua?", eu penso, e percebo que ela já alcançou o meio-fio e que prepara-se para cruzar o grande mar que se estende a sua frente. Estou atrasado para gravar o programa, o carro me espera na esquina e o motorista acena para mim, sem entender o porquê da minha parada e da minha expressão atônita. Não é todo dia que a gente esbarra com uma lagarta dessas no meio do concreto – e eu não via uma dessas havri muito tempo. Muito tempo mesmo, acho que elas desapareceram do meu mundo, desde que a infância se foi e deixei para trás o pé de jasmim do quintal, para me aventurar na selva das cidades.

Peço ao motorista que me aguarde um instante e procuro algum galho caído no chão, alguma coisa que me ajude a carregar a lagarta para o outro lado. O chão está molhado, o asfalto brilha, choveu a noite inteira. A lagarta parece não se importar e desce o meio-fio com uma determinação impressionante, driblando as poças, arrastando-se em seu caminho: definitivamente, ela já fez a sua escolha e quer cruzar aquela extensão de asfalto, o rio de betume da mata urbana.

De onde veio essa lagarta? Olho para as árvores do lado de cá e não encontro vestígio de uma irmã, uma prima que seja, ocupadas na eterna mastigação das folhas. Não há sinal de sua família voraz. Ela é, sem dúvida, descendente daquelas outras, as do passado, que devoravam o pé de jasmim e que, depois, mergulhavam naquele sono aquecido, protegidas na intimidade dos casulos. Não sei por que, mas sinto-me responsável por seu bem-estar. Acabo recolhendo seu corpo amarelo e vermelho e negro e laranja com a ponta de um graveto. Ela se enrola nele, de imediato, sem nenhuma resistência, e eu atravesso a rua, com aquele troféu nas mãos, observado pelo porteiro e pelo motorista, que olha para o relógio, assinalando que eu estou mais atrasado do que imagino. Mas não me importo – pouso o graveto na calçada, do outro lado da rua, e ela imediatamente se põe a caminho. Há duas ou três árvores por ali, mas aparentemente nenhuma delas é a preferida. Ela busca um mundo mais além, e eu não sei o que fazer. Não posso passar a manhã acompanhado de uma lagarta pelas ruas de Ipanema, cuidando de sua segurança. O motorista buzina e me dou por vencido. Corro na direção do carro, com uma sensação estranha de dever não cumprido, como se aquela lagarta fosse uma responsabilidade minha e só minha, uma projeção de dias mais felizes, de manhãs ensolaradas sem fim, de pés de papoulas e sapotis devorados por morcegos, de mangas perfumadas e goiabas caídas no chão de terra. Aquela lagarta me trouxe tudo isso e seria justo que eu a ajudasse a tecer o seu casulo, assim como ela resgatou o meu nesta manhã fria. Mas eu já estou longe, agora, no meio da Lagoa, e meu coração fica com aquele desconforto inexplicável, porque não tenho como dizer às pessoas que estou chateado por causa do paradeiro de uma lagarta solitária que cruzou meu caminho.

Naquele quintal, perdido no tempo, eu tive outros encontros com insetos surgidos do nada. Uma vez, bem cedo pela manhã, eu brincava num pequeno lago cimentado que meu pai construiu nos fundos, afastando as folhas para tentar vislumbrar algum peixe colorido, quando uma libélula brotou das profundezas. O sol refletido em suas asas de sonho, o ar claro daquela manhã, tudo está perfeitamente guardado em minha memória. Ela parou sobre a superfície, pousada ali, numa serenidade impressionante, e depois voou, passando por cima da minha cabeça e misturando-se ao clarão de luz. Eu teria 9 ou 10 anos, não sei ao certo, mas a lembrança daquela lavadeira de asas frágeis nunca me abandonou. Mora com a lembrança de formigas, aranhas e cigarras, muitas cigarras, que nos presenteavam com aquela cantoria, enquanto o verão nos aprisionava em sua bola de fogo.

O meu casulo. De repente, eu descubro que estou sentindo uma falta imensa de meu casulo, aquele quintal de então. Como se eu precisasse voltar, para encontrar meu norte – porque a vida acaba nos privando dessas pequenas reflexões interiores, que são necessárias para a jornada não ser em vão. A gente vai torcendo o destino, numa ânsia de viver o que não há para ser vivido, vai sendo cobrado e vai-se cobrando, vai arrebentando os casulos num desespero tão humano, sem pensar em preservar uma parede que seja daquela seda escura e, quando se dá conta, percebe que enveredou por caminhos outros – difícil é manter-se nos trilhos, com a determinação daquela lagarta –, esses caminhos de ida e volta dos nossos cotidianos frenéticos. Começo secretamente a tecer meu casulo. Aqui, neste carro, cortando a Lagoa Rodrigo de Freitas.

MAPA-MÚNDI

EU TENHO UM FASCÍNIO POR MAPAS. Sempre tive, sempre gostei de geografia. Não dos promontórios e falésias e sei lá que outros nomes éramos obrigados a decorar, com os eternos afluentes do rio Amazonas, mas dos mundos além de minhas fronteiras, das outras gentes e costumes. Sempre gostei de descobrir universos e as histórias ali contidas, como o livro colorido da infância, que nunca cansamos de folhear. Sabedora disso, Maria Carmem Barbosa, há algum tempo, apareceu na minha casa com um presente: um globo terrestre, equilibrando-se numa estrutura de madeira que, na verdade, é uma luminária. Apaga-se a luz do teto e ele continua brilhando, o mundo das minhas possibilidades. Eu gosto de jogar secretamente. Rodo a esfera com força, fecho os olhos e deixo que meu dedo pouse abruptamente sobre o globo, parando o movimento. Aí, vejo que lugar do planeta o acaso me indicou e imagino que ali, em algum recanto, existe um coração que pulsa no compasso do meu. É uma bobagem, para ocupar a noite vazia, mas a imaginação voa com esse brinquedo e é tanta gente e tanta cor e tanta música que chega do nada que a noite passa e eu nem me dou conta.

De uns tempos para cá, comecei a perceber que há uma geografia fascinante no outro. Sempre. A gente não dá muita atenção, porque não temos tempo, não abrimos mão de certas prioridades, não paramos para olhar no espelho, que dirá o rosto do próximo. Mas é, igualmente, um jogo fascinante, esse de descobrir gente e seus universos. Amar as pessoas e suas diferenças – esse é o jogo que venho jogando de uns tempos para cá e, acreditem, tenho gostado cada vez mais das descobertas, porque há gentes que são continentes e uma promessa de terra para o navegador solitário.

Foi assim com Claudia Raia nesses últimos meses. Nós já tínhamos esse encontro marcado havia algum tempo, ríamos disso, daquilo, éramos como uma promessa de terra – bandos de aves, plantas aquáticas – lançamos ao mar nossas esperanças de encontro e a vida foi soprando nossas naus por vários caminhos. Agora, finalmente, conseguimos parar e olhar um para o outro e foi uma festa. Que coisa boa trabalhar com ela! Claudia tem a disciplina dos anos dedicados à dança, aquele olhar determinado de quem vai conseguir, à custa de trabalho e esforço – ela nunca se cansa, está sempre pronta para trabalhar e repetir e repetir (eu me lembro dos pés das jovens bailarinas, aprisionados na sapatilha de ponta, sangrando a sua vontade) e, ao mesmo tempo, traz na bagagem a fantasia do teatro, a palavra reinventada e as emoções das gentes que estão por aí, soltas no ar. Eu gosto de gente assim. Gosto de gente determinada. É sempre um porto seguro no horizonte.

A observação da geografia das gentes tem me ensinado a viver. Olho para trás e fico espantado com a quantidade de coisas que fui recolhendo no caminho, meus suvenires de viajante: um jeito de sorrir, um suspiro conformado, uma voz forte no momento de perigo. Aprendi na visita a essas gentes que há outras possibilidades de amar, outras maneiras, mais simples, mais diretas e infinitamente mais prazerosas. Estou aprendendo, a duras penas, a perder-me no outro, o que não deixa de ser uma forma de encontrar-se. Amar só por amar é um exercício que só conseguimos realizar quando visitamos o outro, sem medo. E aí, quando você consegue verdadeiramente amar muita gente, o seu eleito chega com a serenidade de uma tarde de música.

Eu visito gente como as pessoas que visitam cidades. Uma cidade só abre o coração e seus mistérios para você se a recíproca for verdadeira. Gente é mais complicado, mas funciona da mesma forma. Eu tenho um exemplo: durante anos neguei São Paulo, porque eu achava que era carioca demais, nascido e criado aos pés do Redentor, que ninguém entendia meu teatro, que meu humor não existia além de meu jardim. Fiz uma temporada e quase não saía do hotel, macambúzio, olhando para o concerto com uma amargura horrível no coração. A peça não foi um grande sucesso (tinha sido um êxito no Rio) e eu arrumei as malas, decidido a nunca mais voltar. Vivi com esse bairrismo idiota por um longo tempo, até que resolvi mudar a história e abrir meu coração para a cidade. Ela respondeu imediatamente e sorriu para mim e fui descobrindo que, além do concreto e do avesso do avesso, como diz Caetano, existe um mundo de gentes e costumes e culturas e possibilidades, que é o que eu quero da vida. Possibilidades. Essa é a palavra-chave. É ela que nos faz levantar de manhã e seguir o rumo do dia.

Gente nem sempre responde de imediato. Mas se você estiver disposto a visitar os continentes, vai acabar descobrindo novas alegrias. É pena que gente, em sua grande maioria, não consiga dividir o amor naturalmente. As cidades não têm posse – acolhem os viajantes de braços abertos, quando eles chegam sorrindo. Nós deveríamos ser assim, eu penso. Deveríamos tentar visitar cada um dos semelhantes que cruzam nossas histórias com a alma brotada em flor de generosidade. Mas não é assim e só nos resta engolir o ar e tentar encontrar outros caminhos. Gente que não pertence à gente. Mas é capaz de amar com uma grandeza maravilhosa. E isso, é claro, faz toda a diferença.

Os gatos-bonsai de Pindorama

Os versos vão se partindo, transformando-se num punhado de palavras aparentemente sem sentido.

Num sentido tribal, todos somos fascinados por nossos monstros. A frase não é minha, não me lembro de quem é, mas ficou na minha cabeça. Uns versos, igualmente, às vezes agarram-se a nós como sanguessugas: "amor, anda o luar todo bondade/ beijando a terra a desfazer-se em luz/ Amor, são os pés brancos de Jesus/ que anda pisando as ruas da cidade". Isso é Florbela Espanca, a bela do Alentejo, aquela triste garota portuguesa que cantou como poucos sua alma de poetisa.

Andei com esses versos por um longo período, dançando por entre as curvas de minha massa cinzenta. Às vezes, quando menos se espera, um pensamento ocupa sua mente e, sem que você perceba, vai se instalando, abrindo suas histórias e significados, guiando você pela mão, até que deixe de ser pensamento, se transforme num punhado de palavras, que se fragmentam e viram sons, bailando pelo ar, num movimento circular, como se desenrola o tempo numa tarde cheia de música árabe. Ou o verso que você leu, impresso no livro, e que resolve fazer o caminho de volta. E deixa de ser verso, por exemplo: "eu sou estas casas/ encostadas/ cochichando umas com as outras/ Eu sou a ramada/ dessas árvores,/ sem nome e sem valia,/ sem flores e sem frutos,/ de quem gostam/ a gente cansada e os pássaros vadios". Às vezes, os versos de Cora Coralina correm para trás, em busca do passado, fogem do livro, furam o mundo e a palavra impressa deixa de ser palavra e vai se transformando em muita coisa, até voltar à origem de ser casca de árvore, rugosa, antiga. Você sabe como é a sensação, de certo. Quando tudo é fragmento, querendo se juntar de novo e refazer o todo. Nossa imitação de serpente, esfregando o corpo na pedra para livrar-se da pele.

Pois o pensamento que me chegou foi o já citado: num sentido tribal, todos somos fascinados por nossos monstros. Eu já tinha pensado em escrever sobre as últimas lendas urbanas que, graças à internet, ganharam uma sofisticação macabra. Os crocodilos cegos que um dia habitaram os esgotos de Manhattan; o rapaz que teve um rim roubado, depois de ter sido drogado numa festa; o mendigo que ataca com uma seringa infectada estrategicamente colocada na cadeira do cinema; seringas infectadas no metrô de Nova York, à espera da inocente vítima. Nosso pânico dos vírus invisíveis, nossa incapacidade de viver na natureza, nossa ignorância em relação às diferenças, nossos medos criam as histórias mirabolantes e elas ganham força e alçam voo, repetidas à exaustão. Sabe-se lá que loucura ainda seremos capazes de criar, mas todas elas, agora, podem ter um endereço exclusivo de acesso e ser visitadas pelo mundo inteiro.

O fascínio dos monstros. O silêncio cinzento da casa do psicopata, onde jaziam dezenas de corpos mutilados. Eu vi num documentário e acabei não dormindo, horrorizado (e fascinado, é claro) com os meandros daquela mente distorcida. Pois a última loucura coletiva é a tal história dos gatos-bonsai, que anda levantando o clamor das vozes pela rede – todos os usuários da internet indignados com um suposto monstro (um médico louco, talvez) que cria gatos dentro de vidros, amolecendo os ossos com drogas potentes, mantendo as criaturinhas confinadas nos vidros, como aquela técnica de miniaturizar as árvores, atrofiando o crescimento dos galhos, criando frutos como grãos. Bonsai, samurais e gueixas, máscaras brancas com pontos vermelhos passeando em jardins de perfeita harmonia. Ah, sim! E carpas sinuosas nadando nos lagos de cristal azul – essa é a lembrança, como um sol nascendo afogueado.

Os gatos-bonsai. Esmagados de encontro à parede de vidro, olhando o mundo que avança lá fora. Tão parecidos conosco, na verdade, ainda que frutos de uma mente fantasiosa. Porque estamos todos aprisionados nos vidros, alguns até bem luxuosos, não é verdade? Andamos todos batendo as cabeças na superfície fria, buscando uma solução para nossa apatia, nossa incapacidade de gritar e tentar mudar o que quer que seja, enquanto o país navega meio que sem rumo, batendo aqui e ali, uma jangada desgovernada. Um cinismo por toda parte, uma falta de vergonha na cara que vai nos humilhando, nos ofendendo, nos chamando constantemente de cretinos. Somos os gatos-bonsai dessa quadrilha que vem saqueando a nação, como filhos doentes que roubam as bolsas das mães, cospem no chão e nunca recebem limites.

Os gatos-bonsai da Terra de Santa Cruz, Pindorama, olhando para o dia de amanhã, que se avizinha escuro. Tão diferentes daqueles gatos que cresciam no quintal da infância. Tão distantes dos sorrisos dos felinos esparramados ao sol, alongando os músculos na esperança de encontrar alguma ave desavisada. Foi ontem mesmo. E, no entanto, já passou tempo. Tempo bastante para assistir ao todo se fragmentando, perceber que os versos vão se partindo, transformando-se num punhado de palavras, aparentemente sem sentido. Depois, apenas sons esparsos. E a palavra escrita volta a ser casca. É preciso recuperar o todo. É preciso saber contar a história. E entender que juntos podemos quebrar os vidros e respirar o ar puro da manhã. (Logo depois, a espiã japonesa, cabelos presos no alto, colar de pérolas e vestido reto, de brocado negro, aponta a pistola para a minha cabeça e, antes de atirar, forma um coração com a boca de laca escarlate e me manda um beijo, em close, na tela. Apagão.)

Um encontro regado a uísque e solidão

Posso me sentar aqui? Só um instante? Não estou invadindo, estou? Tudo bem, eu sei que você é famoso e coisa e tal, mas é gente igual a mim. Igual a todo mundo. Não faz essa cara não. Tou te alugando? Você está esperando alguém, né? Se eu tiver incomodando, dá um toque, falou? Vou pegar um cigarro. Você devia parar de fumar, cara. Quem sou eu para dar conselhos, né? Não estou enchendo o saco, estou? O cara era o maior babaca, jurou para mim que eu ia estar entre as selecionadas, mas aí hoje me disse que eu estava fora da parada. Eu trabalho de escorte, nível universitário. Sou modelo. Formada, cara. Melhor do que mofar naquela loja, em Curitiba.

(Um carro freia com violência na rua e começa a buzinar com irritação. Todas as cabeças do bar se viram para lá. A mulher à minha frente é loura, usa uma malha negra, tem os olhos maquiados e dentes muito brancos. Poderia ser uma mulher bonita, não fosse a obviedade de tudo. Ela continua a falar compulsivamente, enquanto eu viro a cabeça em câmera lenta e olho o mundo lá fora. Dois rapazes começam a discutir, um na calçada, o outro na rua. A mulher continua a falar e tudo soa muito alto.)

Será que você levou um bolo? Ou então chegou cedo? Desculpe, não tenho nada a ver com isso. Mas é que você é gente, cara. Eu sinto. O maior babaca, o cara. Disse que eu tinha mais era que vir, porque ele me arranjava um bico no programa de um amigo, cachê pequeno, mas a gente entra no meio, né? Porque o importante é entrar no meio, o importante é estar onde as coisas acontecem. Eu já saí com amigo teu, vou logo avisando. Babaca o cara. Só porque é artista de novela acha que pode tudo. Fiquei três dias no apartamento dele, mas aí ele disse que eu precisava sair, que coisa e tal e eu fui logo pegando as minhas coisas, porque eu não sou cachorro para ser enxotada. Meu filho, eu tenho classe, eu não cheguei ao ponto de precisar de homem para pagar as minhas contas.

(A coisa esquenta na calçada e os dois agora estão prestes a sair na porrada, para deleite dos garagistas e porteiros. Um segurança tenta apaziguar os ânimos, sem muito sucesso. Quem é essa mulher? O que está fazendo na minha mesa?)

Morei uns meses na Espanha, porque meu ex-marido era espanhol, eu tenho uma filha lá. Não me deixaram trazer a menina. Eu não tou com grana para pagar advogado agora e essas coisas, você sabe como é, né? O cara tem grana, a família é cheia dos conhecimentos, mas eu disse na cara deles, disse na cara de todo mundo: sou muito mulher para criar minha filha sozinha, muito mulher! Porque o teu filho quer é uma empregada de luxo e eu não vim para um país estrangeiro para cozinhar e laçar para homem. Eu disse assim mesmo, na cara dos pais dele. Arrumei a grana da passagem com um amigo meu, coreógrafo, e voltei. Mas um dia vou buscar minha filha, escreve o que eu estou te dizendo.

(Ela deve ter trinta, trinta e cinco anos, não mais. Já perdeu o viço da primeira juventude, os cabelos estão maltratados pela descoloração frequente, mas de repente percebo o medo que se estampa no fundo daqueles olhos verdes. E não quero mais ouvir aquele blablablá que parece brotar como água da rocha, não quero mais estar sentado ali.)

Daí que o babaca me deixou na mão e agora estou maquiada, toda arrumada e com vontade de ir lá e enfiar a mão na cara dele, porque deixei minhas coisas na casa de um amigo, mas nem tá dando para ficar lá, daí que eu vou ver o que é que eu faço. Você me paga uma bebida? Obrigada. Vou tomar um uísque, cara. Tou precisando. Mas gosto de você, vi uma peça sua no Metropolitan, fui com um italiano maluco que não entendia nada, mas morria de rir. A gente se conheceu na churrascaria. No meio do rodízio. Ele disse que de repente me mandava uma passagem. Daí eu vou para Milão. Vai ser bom, porque aqui ninguém dá chance, cara. Aqui é lei da selva, é por isso que eu admiro quem vence e continua humilde. Vou pedir mais um uísque, você se incomoda?

(Ela bebe outra dose e eu percebo que meu celular está desligado. Peço licença e escuto as mensagens da caixa postal. Houve um problema. Ninguém vai chegar. Os dois rapazes desistem da briga e partem cantando pneu. A noite está fria.)

Talvez eu volte pro Paraná. Talvez. Mas se eu voltar, vou pro interior, para casa da minha mãe. Aí, fico por lá mesmo, mas ia ser uma derrota, você entende? Porque eu saí de lá pra ser alguém, cara. Você sabe o que é isso, você sabe... um cara famoso, porque eu te vejo na televisão faz tempo. Você deu uma subida nos últimos tempos, mas porque merece, cara.

(E, de repente, ela começa a chorar. E é tão sincero aquele pranto, tão silencioso, tão inesperado, que eu desejo ter uma câmera para enquadrar o close e registrar o momento. Peço um uísque para mim e pergunto se ela quer jantar. Ela diz que não, para minha surpresa. Diz não, obrigada, entre lágrimas e uma tentativa de sorriso. A noite está muito fria. Ela se levanta rapidamente.)

Vou nessa. Valeu pelo uísque. Tava precisando desabafar. Um dia, talvez, eu volte para casa. Um dia. Talvez no fim das contas, cara, minha felicidade esteja mesmo é por lá. Sabe Deus! Valeu.

(E sai ajeitando a saia negra, ondulando os quadris, num mar de solidão.)

Cai o pano.

5. DA VIDA

A CAVERNA

NUM CANTO DA FESTA, ENCOSTADO na parede vermelha, olhando a massa de corpos que se move na fumaça junto ao ritmo da música, uma garrafa de cerveja na mão, eu penso: as coisas conosco são sempre um pouco mais complicadas, há sempre meandros, volteios, há bruscas mudanças na direção e a gente que se aprume para não virar uma cambalhota desajeitada bem no meio da vida e cair no solo como um boneco jogado no alto. Ficar ali, esparramado no chão, com todos os olhos pousados sobre nós, sem saber direito se achamos graça e abrimos um sorriso ou se marejamos os olhos d'água e fazemos uma careta de dor. É essa sensação, não é? A de não saber direito se vai doer, quando finalmente levantarmos. A expectativa das pernas sobre o solo, como aqueles herbívoros recém-nascidos nas selvas africanas.

Aprenda a ficar de pé, aprenda a correr rapidamente, aprenda a escamotear a dor e seguir em frente – esse é o recado soprado em nossos ouvidos e só nos resta a obediência, enquanto aguardamos outras evoluções da espécie.

Eu fico ali por algum tempo, usufruindo dessa filosofia cotidiana de que são feitos os nossos caminhos, até que Sarita aparece do outro lado do bar e caminha em minha direção, esquivando-se dos corpos suados, que resvalam nela, a blusa exibindo uma grande faixa de pele clara, como uma praia inesperada na curva da estrada. Ela para na minha frente, toma um gole da minha cerveja e, depois, num movimento rápido, joga as costas de encontro à parede, suspirando.

– Mulheres da minha idade ou estão em busca de um homem, ou estão questionando se devem ou não separar-se do seu – ela diz, se encolhendo para evitar o contato com a pele suada de alguém que passa.

Eu afundo o nariz em seu pescoço, como um cumprimento afetuoso e ela diz um nome em francês no meu ouvido, mas o perfume me traz a lembrança de talco e manhãs chuvosas, alguma manhã chuvosa em que estive apaixonado, olhando para o mundo lá fora, incapaz de entender tanta desarmonia, quando o mundo parecia perfeito, dentro das paredes do apartamento. É isso que me chega pelo perfume dela, despertando um sentimento de muitos anos, um amor que andava escondido lá por dentro e que volta com uma velocidade ímpar. Tão forte é a coisa, que resolvo marejar os olhos e acelerar o coração, o rosto mergulhado na seda dos cabelos.

Sarita fecha os olhos, assim encosta a cabeça na parede, e eu a imito. E penso: as coisas conosco são bem mais complicadas do que simplesmente levar a cabo a existência. Há outras urgências além da fome, há um mundo por detrás de cada rosto pousado nas janelas que vão ficando para trás. Atravessamos os dias com perguntas sem respostas, caminhamos apressados, corremos atrás do vento, e vamos armazenando aquelas perguntas que roubam o ar, que incomodam o funcionamento do todo, como quem junta estampas numa caixa.

E, ainda que a fé nos aponte a absoluta especialidade de cada ser vivente, ainda que nossos corações urbanos dancem nas águas místicas, ainda assim não conseguimos encontrar o porquê das infâncias abandonadas, das injustiças cada vez maiores, da velhice solitária pelas ruas da cidade. Para essas perguntas sem resposta, para o silêncio que há nos olhos das crianças jogadas à própria sorte, não há remédio, eu penso, encostado na parede vermelha do fundo da caverna.

E mergulho tão profundamente nos pensamentos que, quando me dou conta, Sarita não está mais ao meu lado, desapareceu tragada pela massa de braços, pernas, cabelos e suor que ondula à minha frente. Bebo a

“

Não há
espaços abertos
quando o
coração anda
trancado.

”

minha cerveja e penso seriamente em ir para casa, amanhã dou uma desculpa qualquer, quando ela reaparece, afastando uma mecha de cabelo da frente do rosto. Suas unhas parecem lascas de chocolate ao leite.

– Vamos embora daqui – ela rosna, apertando os olhos, e adivinhando meu desejo.

Saímos juntos, acenando para um ou outro conhecido, margeando a pista, onde louras e aspirantes ao estrelato se exibem para os fotógrafos, no eterno circo da mídia. Há dezenas de entrevistadores, dezenas de câmeras e postes de iluminação, olhares febris e gargalhadas histéricas. Tudo muito cansativo. Tudo muito previsível.

– As pessoas perderam a vergonha na cara – Sarita quase grita perto do meu ouvido, puxando meu braço na direção da saída, onde bailam as luzes das televisões. – Vamos para casa, que é bem melhor.

Na saída, puxo o ar com força, tentando livrar meus pulmões da fumaça, mas nada acontece. A caverna transferiu-se para o lado de fora – não há espaços abertos, quando o coração anda trancado. Há uma grande e nebulosa caverna, onde voam os morcegos do passado, afunilada na direção da luz que se chama futuro.

Paro o carro na porta da casa dela e beijo seu rosto, roubando um pouco mais daquele perfume de manhãs chuvosas, a lembrança do amor guardado no passado.

– Sabe, às vezes eu sinto falta da vida que eu não tive – Sarita me beija de volta e seus lábios estão frios e escuros. – Às vezes, eu penso que poderia começar outra vez. Mas depois desisto.

Ela quase corre para a entrada do prédio e desaparece no retângulo de luz do elevador. Eu volto dirigindo devagar e, antes de dormir, penso com certa melancolia que talvez seja hora de fazer um testamento, assim como quem escreve uma carta ao mundo.

Depois, é mata, é noite e é silêncio. E a caverna abre seu teto de rocha para o manto de estrelas acima.

A VIAGEM

Nós moravamos num prédio antigo, encardido, numa travessa da rua da Passagem, em Botafogo, a travessa Pepe. Não éramos muitos, na verdade eram só quatro apartamentos e um santo pintado sobre um losango de azulejos, na fachada. Não era São Jorge, eu acho. Talvez Santo Antônio e todas as suas esperanças de felicidade. Ah, sim, tinha também uma trepadeira de dama da noite que se esparramava pela entrada e nos deixava tontos no verão, com seu cheiro adocicado. O andar térreo era ocupado por Duse Naccarati, a soberana da comédia, e eu nunca me esqueço dela, naquele quintal de cimento, um xale franjado jogado nos ombros, a boca pintada de vermelho, como um cravo aberto ao sol, conversando comigo, sempre rindo, sempre afastando os galhos da roseira que teimavam em se agarrar nela. Naccarati ria, escancarada, e afastava os galhos com delicadeza, dizendo: "tá vendo, príncipe? Elas não me deixam...". Duse até hoje me chama de príncipe e eu sempre agradeci por essa realeza inesperada. Anos depois, eu ainda escuto o som alegre de sua voz no quintal cimentado da travessa Pepe.

O apartamento era pequeno e eu fui morar com Duto, meu amigo, meu irmão, dividindo as despesas, ou a falta delas. Herdei o contrato de Vicente Pereira, que resolveu se mudar para São Conrado, mas que vivia por ali, iluminando as escadas escuras com seu sorriso mágico. E tanta gente passava por ali, e era tanto riso e tanta falta de dinheiro e tanta esperança – eu lembro que eu e Duto sonhávamos em ter um som, um três em um, o mais simples possível, mas não conseguíamos comprovar renda para abrir um crediário, por isso cantávamos. Era muito engraçado! Um acabava a música e lá vinha outra e mais outra, até que as gargantas estivessem secas e o cheiro do bolo de fubá subisse, avisando que Duse nos ofereceria uma xícara de café, com direito a lanche. Não tínhamos um centavo. Guilherme Karam, às vezes, como quem não quer nada, aparecia com umas compras e umas delicadezas para ajudar na dureza dos tempos. Mas olhávamos para o futuro com uma alegria surpreendente. Eram assim aqueles dias.

Esse mundo não existe mais. Duse mudou-se para a Gávea, eu parti para Copacabana, Vicente se foi, Carlos Augusto Strazzer se foi, Claudio Gaia se foi, doutor René, do quarto andar, também se foi, e aqueles dias, aquelas tardes, aquelas noites perfumadas e risonhas transformaram-se em neblina, assim, num piscar de olhos. Duto foi o único que permaneceu na Pepe, até que um dia, no meio da madrugada (eu nunca saberei ao certo o que aconteceu), caiu daquela varanda, onde conversávamos com Duse, e ficou lá, deitado no cimento da área, de cuecas, um sorriso estranho bailando na boca. Eu chorava e pensava que ele estava com saudades das roseiras da soberana. Depois que Duto também se foi, eu nunca mais pisei na Pepe. Até hoje meu coração se encolhe magoado, quando passo pela rua da Passagem.

As lembranças da Pepe vieram porque um leitor me escreveu, dizendo que não suporta minha coluna e que sou terrivelmente piegas. Diz que sou melancólico e que não tenho o direito de falar de tristezas, porque minha vida é boa demais, que eu tenho dinheiro, sucesso etc. e tal. Em parte sou obrigado a concordar com ele. Sou piegas, sim, e meu coração, às vezes, é um oceano de melancolia. Qualquer pessoa que tenha uma história para contar, e que tenha sido testemunha do fim dela, sabe do que eu estou falando. O problema é que geralmente empurramos as histórias para baixo do tapete e passamos a vida como alpinistas domésticos, fingindo que nada daquilo repousa ali, no centro da sala. As minhas dores voam livres pelo céu da Lagoa, em busca de minhas saudades. Há noites em que vou para varanda e fico lembrando das vozes e dos risos daqueles que se fo-

"

É triste
esquecer o
som do riso
de alguém
que amamos
um dia.

"

ram, porque é triste esquecer o som do riso de alguém que amamos um dia. Quando lembro, começo a rir sozinho e desato um nó após o outro, num ritual necessário – essa leitura do meu livro dos mortos particular.

Eu me dou ao luxo de ser piegas porque convivi com gente maravilhosa, talentosa, criativa e cheia da dádiva do humor – essa bagagem de esperança que cai em cascata pela boca, lavando as amarguras do peito. Eu lembro que no dia em que Vicente Pereira morreu, eu chorei sem parar, até que lavei o rosto e liguei para dona Odete, em Brasília, tentando parecer forte, sem saber o que dizer àquela mulher que tinha enterrado seu filho amado. Odete estava fungando e me disse que a casa estava cheia, amigos de toda a parte estavam chegando.

– É tanta gente, Miguel, que eu "tou" fazendo uma feijoada. "Tou" cozinhando, acredita? "Tou" chorando, mas "tou"cozinhando!

É exatamente isso que eu tenho feito. "Tou" chorando, mas "tou" cozinhando, tentando organizar um banquete. Estamos tão pouco acostumados com a felicidade, não é mesmo? E é preciso que se diga, eu não estou sozinho – tem muita gente que já entendeu que a maior besteira do universo é ter a chance de chegar a esse mundo, olhar para tudo com ar de besta e perder a viagem.

O ESTRANGEIRO

Durante muitos anos, adormeci com o barulho do mar beijando a areia, porque nossa casa ficava bem de frente para a praia e a janela do meu quarto se abria para o horizonte de barcos e nuvens. Às vezes, penso que o que me rouba o sono é a falta daquele som ritmado que as ondas da baía iam produzindo, como se corressem todas para o mesmo ponto, em busca do afago de prata da lua.

Durante muitos anos, fitei aquele horizonte com a cabeça cheia de ideias e vontades e desejos que nem eu sabia que existiam. Durante anos, eu estive ali, ouvindo o mar me contar sempre a mesma história, que eu ia transformando em outras histórias, porque, assim como os poetas, o mar acendeu a chama e, depois, recolheu-se no recuo da maré. Mas sinto falta daquela melodia própria, que foi minha por tanto tempo.

O mar da minha memória não é claro. A baía de Guanabara ainda tinha saúde, havia peixes em profusão, mas era um mar escuro e não se via quase nada abaixo da linha d'água. Um mergulho de olhos abertos era como enrolar-se num espesso tapete de musgos. E, é claro, onde não há visibilidade, há medo. Onde não mora a luz, cresce alto o mistério dos dias, de modo que acreditávamos em toda e qualquer criatura que pudesse habitar aquelas profundezas e ouvíamos encantados as lendas e contos que brotavam da imaginação dos adultos, eles também eternamente à cata de sereias.

“

Às vezes, penso
que o que me rouba
o sono é a falta
daquele som ritmado
que as ondas da baía
iam produzindo,...
em busca do afago
de prata da lua.

”

Meu pai, um dia, sentado na mureta de cimento, contou a história de uma arraia gigante que vivia por ali e que era impossível de ser capturada, tamanha sua habilidade e força. Durante anos, debruçado na janela do quarto, olhando a esteira da lua, eu imaginei a majestade silenciosa que batia as asas naquelas águas escuras. Ela tinha um nome, mas já não recordo qual era.

Lembro do pé de acácia mergulhado nas sombras e lembro de mim mesmo ali, naquela janela. Lembro, talvez, de um casal que passou rindo pela rua, metade do corpo oculta pelo muro alto. Lembro da mangueira tão carregada de frutos que os galhos chegavam a vergar e lembro dos gatos e de sua desenfreada vontade de amar, enchendo de gritos a noite paralisada pelo verão. Acho que isso é tudo.

Atualmente, o que embala meu sono é outra música e minhas noites, quase sempre, são noites de estrangeiro. O mar fica longe e dele só chegam aves, que vêm dormir no refúgio da mata. Nenhum ruído, a não ser a cantoria dos insetos. As noites são quentes, abafadas e a temperatura até lembra o berço, mas falta aquele arrastar de saias pesadas e a espuma branca que podia ser vista até nas noites mais escuras.

Uma noite dessas, entretanto, fiquei até tarde na casa de amigos e, como já tinha abusado do vinho e não queria voltar para casa às tantas da madrugada, deixei-me ficar no quarto de hóspedes, cuja janela se abria para o mar. Achei que a magia de então voltaria e que meu sono seria o mesmo mergulho vertiginoso no mundo dos sonhos, mas não foi assim. Acabei percebendo que o que estava faltando era o olhar daquele menino na janela. É curioso isso. De uns tempos para cá, as noites tornaram-se estranhas, como se eu dormisse sempre em outro país. Alguém aí já se sentiu assim?

Nossas mortes

A gente tem mesmo é que aprender a morrer todos os dias e a renascer quando a manhã se avizinha, antes que o sol nos flagre no processo. A gente tem que fazer isso e tentar escamotear o coração que anda aos pedaços, cansado dessa ciranda desgovernada. No meio de uma gargalhada, por causa de um caco que a atriz colocou no texto, vem a lembrança da notícia do jornal, lida pela manhã. Uma mulher morreu sem atendimento, no saguão da casa de saúde, porque sua filha tinha atrasado o pagamento da mensalidade do plano. A gente lê a notícia e finge que não leu, é claro; aprende a morrer quietinho, para poder renascer lá na frente, mas aquilo fica queimando dentro, como uma fogueira desatada na alma, e a gente cansa uma hora, dá um vinco no rosto, que na verdade é uma tradução do vinco no peito, no coração, no corpo todo, repuxado, abusado, triste. Como é que uma coisa dessas pode acontecer? A gente se pergunta, em silêncio, secretamente, com vergonha da humanidade, com raiva de alguém que fez um juramento, que abraçou uma profissão tão bonita, tão nobre, essa de salvar vidas, de estender a mão e ajudar o criador na tarefa de aliviar os sofrimentos do mundo. A gente escuta tudo isso e finge que não escutou, mas morre um pouquinho. Morre e renasce lá na frente.

Eu já morri muitas vezes. Tantas, que já perdi a conta. Morri no dia que descobri que o amor não era para sempre e morri outra vez, quando soube que nada tinha sobrado dos escombros, nem mesmo aquela amiza-

É preciso
aprender a morrer,
senão a vida
acaba antes de
começar.

de que a gente apregoa, na hora da dor. Depois de renascer, eu olhei para trás e já não reconheci mais o objeto amado. E morri outra vez, ao descobrir que meu coração era tão sem-vergonha quanto o de qualquer um. Um coração vagabundo. Capaz de esquecer. Bem fazem os chineses que dizem "eu te amo com todo meu fígado!" É um órgão mais coerente. Mais afeitos as mudanças de estado. Provocado, ele cospe bílis e sai esverdeando o que outrora parecia ser uma realidade rósea. Eu te amo com todo meu fígado! Deviam ensinar isso nas escolas.

Morri outras vezes também. Morri quando, há muito tempo, um diretor me chamou num canto e me mandou embora da peça que eu estava ensaiando, com as palavras mais cruéis que alguém já me disse: eu só trabalho com gente de talento. Saí daquele teatro com a sensação de que eu não seria capaz de dar dois passos. Saí dali e decretei a morte em vida, o luto desesperado. Mais na frente, quando ninguém estava olhando, eu renasci. Voei para longe daqui e voltei para recuperar a vida e o meu sonho.

Morri quando minha mãe morreu e renasci na lembrança dela. Morri a cada noite no palco, as mortes das personagens, morri na televisão, de várias maneiras, morri na ficção e sempre me pareceu curioso ver a emoção de alguém ao olhar para aquela morte. Para mim, sempre foi fácil interpretar esse tipo de cena. Sou calejado nesse ofício. Sei morrer como ninguém. E renasço adiante. Um pouco machucado, o passo vacilante, mas logo me aprumo. É preciso aprender a morrer, senão a vida acaba antes de começar.

Mas, falando em vida, eis que volto para o Rio e encontro outra vez a luz dessa cidade. Não há céu como esse, não há luminosidade como essa, o ar carregado de iodo e sal, o presente que é olhar para os lados e se deliciar com tanta beleza. Voltar para o Rio é um renascimento. A gente cai na estrada, mas o Rio nos dá uma preciosa ajuda na hora da ressurreição. Fico na varanda, olhando para a Lagoa e me lembro da luz da Ilha do Governador. Eu juro que não estou exagerando: a luz daquele lugar é mágica. Foi ali, no começo de tudo, que eu aprendi a amar a luz. Foi ali que eu intuí que a luz daqueles céus se espalhavam para além da extensão de água e que era preciso seguir viagem. Na época, é claro, eu não sabia que tantas mortes me aguardavam pelo caminho. Tenho até hoje comigo o pedaço de uma velha agenda, uma bobagem que eu rabisquei há muito tempo, no dia em que fiz 17 anos. Ali, naquele pedaço de papel, há tanta esperança, tanta alegria e tanta coragem, que me comove olhar para alguém que eu fui, um aprendiz de vida, um aprendiz de morte.

Termino com algumas palavras de Gore Vidal. É o fim de seu romance *Juliano* e eu o trago comigo, porque essas palavras aquecem minha alma e me fazem acordar novamente com esperança:

"A luz se foi e agora nada mais me resta a não ser esperar por um novo sol, um novo dia, nascido do mistério do tempo e do amor do homem pela luz."

REFLEXOS DO OUTRO LADO DO ESPELHO

EM 1996, TRÊS NEUROCIENTISTAS da Universidade de Parma, após anos de pesquisas com macacos, descobriram um grupo de células na parte frontal do cérebro do símio e tais células entravam em funcionamento cada vez que o macaco executava um movimento ou via alguém executar alguma ação. Denominaram aquele agrupamento de células de neurônios-espelho e a descoberta foi saudada pela comunidade científica. As pesquisas não pararam e, anos mais tarde, descobriu-se que os humanos têm circuitos muito mais sofisticados de neurônios-espelho e os nossos, aparentemente, são encontrados em todas as partes do cérebro, o que explicaria o resultado na evolução das relações sociais na espécie, como a linguagem e seus intricados sistemas gramaticais.

Ando à cata dos tais neurônios-espelho, tal qual uma criança que aprendeu uma palavra nova e quer usá-la em todas as ocasiões. São eles os responsáveis pelos braços daquela bailarina que copiou os da mestra na cinzenta sala de ensaio, porque, quando tais neurônios iluminam-se na massa cinzenta, eles permitem que nos coloquemos no lugar do outro e realmente sintamos a dor ou a alegria alheias, além do entendimento conceitual. São os neurônios-espelho que nos emocionam na plateia do teatro e também são eles os responsáveis pela gargalhada que cresce em espiral na direção do urdimento, porque mimetizam a dor, a alegria e a surpresa das personagens. São eles, enfim, que fazem os bebês imitar as expressões faciais dos adultos e, agora, acaba de me ocorrer que os santos, aqueles que são lembrados por sua piedade, devem fazer uso integral de seus neurônios-espelho. Compaixão não é coisa que se adquira sem a capacidade de viver, por um momento que seja, a vida do outro.

O mais importante nessa descoberta, entretanto, foi que a existência dos neurônios-espelho – que, em última análise, e numa hipotética projeção futura, seriam capazes de ler mentes, já que nos possibilitam ter um absoluto entendimento emocional do outro – associa a cultura à biologia definitivamente e nos torna cada vez mais responsáveis pelas atitudes e pelo conteúdo que vamos refletir nos bilhões de pequenos espelhos nos circuitos internos das novas gerações.

Ando, por isso, também revisitando meus espelhos, resgatando imagens e gestos que ficaram aprisionados ali. Imagino que todos eles devem ter se acendido em festa ao ver Bibi Ferreira em *Hello Dolly*, quando eu tinha meus 8 anos. Tamanho foi o júbilo daquele grupo de células que nunca mais deixei de repetir a cena. Mamãe está sempre com um livro nas mãos e agradeço a ela pela imagem. Papai gravou na superfície de cada um deles o modo divertido de olhar a vida e me ofereceu, descubro tarde demais, todos os gestos e enunciados de humor que repito vida afora.

É bom revisitar aquilo que ficou gravado. Os espelhos, com o passar dos anos, tendem a perder o brilho e ficam sem a nitidez de outrora. Resgatá-los é uma tarefa mais agradável do que se supõe. É como recuperar os dados de nosso sofisticado disco rígido e, por fim, entender a importância daquilo que biologicamente deixamos como a herança de um povo.

Às margens da Lagoa que morre

Uma leitora me escreve, alertando que o excesso de memória e peso, na bagagem da lembrança, retarda o avanço na caminhada. Segundo ela, uma mochila mais leve permite saltos mais altos, horizontes mais distantes e descobertas mais rápidas. Aconselha-me, cheia de carinho, a esvaziar a mala e arrumar tudo de novo, jogando fora aquilo que eu julgar desnecessário.

Estou pensando na mensagem, sentado aqui, no meio da tarde de sábado, um vento morno soprando sobre a Lagoa moribunda. Estou pensando nas coisas que ela me disse e ponderando sobre o que devo, ou não, atirar no lixo – que espécie de sentimento e saudade deve-se permitir escapar da mente, antes que ela se extinga? Estou aproveitando a mudança que se aproxima (mais duas semanas e toda minha vida será encaixotada rumo ao novo endereço), para limpar as gavetas da memória e selecionar aquilo que vai e aquilo que fica. É muita coisa, eu admito, mas não sei se quero abrir mão delas, na verdade. Não sei que espécie de alegria serei capaz de abraçar, sem a lembrança de minhas mágoas. Não vou ser capaz de alimentar uma nova ilusão, sem o parâmetro da solidão. Não. Não vou jogar nada fora, por mais pesado que esteja a bagagem. Preciso de toda essa memória.

Todos precisamos de toda a memória possível. Para traçar novos caminhos, lembrando do esboço que primeiro se riscou. A falta de memória, seja individual ou coletiva, acaba destruindo qualquer possibilidade de novo, qualquer possibilidade de acerto. Como se errássemos o mesmo erro, outra e outra vez – uma coisa triste!

Outro dia mesmo, estávamos no intervalo da gravação do *Sai de Baixo* e assistimos ao programa sobre os 50 anos da televisão. Todos ali eram profissionais da área, havia já algum tempo, o Daniel Filho fora dirigir o programa inaugural e acabamos prestando uma homenagem a ele, em nosso coração, porque ele já fez tanta coisa legal na televisão, mais da metade do que ali foi mostrado tinha o seu selo, de alguma forma. Trabalho e talento merecem ser homenageados, sempre. Eu penso assim. Mas acabei vendo o programa pelos olhos dele, brilhando ao reconhecer cada momento, cada ângulo da câmera, cada colega que partiu ou que chegou. Era a memória de toda uma vida. Eu vi. Nos olhos dele.

Quero um dia ter meus olhos cheios de memória, com o cristalino partido em mil pedaços, cada um deles com uma história própria, refletindo mil outras histórias. Sei que isso me leva ao problema inicial da crônica – a advertência da leitora a respeito do excesso. Às vezes, sou mesmo chegado a um exagero, devo confessar. Por isso, agradeço o conselho, mas vou continuar com tudo, porque acho que um pedaço da memória individual de cada um de nós vai juntar-se a outros para formar o bloco da memória nacional (e, do jeito que as coisas estão, a quem puder ceder mais um pouco de sua cota habitual, a nação agradece). São Miguel há de me arranjar forças para carregar toda a bagagem, ladeira acima. Ele é meu chapa, além de xará.

E, uma vez resolvido carregar comigo todo o sentimento, passo à tarefa mais simples de selecionar a matéria. É mais fácil. Prefiro cortar o excesso de peso nessas coisas. Não vou abrir mão de uma única lembrança, de um único gesto, de nenhum beijo – nem mesmo aquele que me amargou a boca. Vou levar comigo todos os meus sonhos, os que espoucaram nos céus e os outros que abortei na calada da noite. É a minha história, o meu traçado.

Escrevo no meio de uma tarde estranha, cinzenta e abafada. A Lagoa, estendida a meus pés, tenta respirar, asfixiada por nosso descaso. Pela nossa falta de memória e de respeito. Ela é um espelho escuro, de uma cor triste, nessa tarde. Elba vai dar um show de forró, hoje à noite. Talvez eu vá, para dançar e celebrar o fato de ainda estar aqui, tocando o barco para frente. Vasculho a minha bagagem e percebo que a minha vida mudou tanto, desde que eu era um jovem da Ilha do Governador, pensando em prestar concurso para o Banco do Brasil, que chega a ser inacreditável. Se eu jogar qualquer das minhas lembranças na lata do lixo, posso acabar perdendo de vez o fio da meada.

Minha memória é meu alumbramento. Meu aturdimento com a rapidez com que a vida é capaz de dar voltas. Ladeira acima, subindo numa maciez, e de repente lá vem o diabo do carrinho despencando na encosta e você fica com aquele grito entalado na goela. Eu não sei como é que alguém pode gostar de montanha-russa. Nunca serei capaz de entender.

Minha memória é generosa e manda antigos instantâneos para a minha caixa postal, todo o tempo. Agora mesmo, debruçado no parapeito, de olho na Lagoa, já me despedindo da vista, eu tive uma lembrança de bem longe, luzes, cheiros, barracas cheias de artigos, a Feira da Providência, às margens dela. Como é que eu poderia saber, naquele tempo? Como é que eu saberia, naquele fim de tarde, olhando abismado para as representações de outros mundos, inatingíveis, então (porque, naquela época, Miami não ficava na Barra!), que as coisas iam tomar um rumo muito diferente daquele que eu imaginara um dia?

Como é que eu poderia saber que a Lagoa, naquela tarde fagueira, já tinha começado a morrer?

Uma caixa

Esta semana São Paulo me recebeu com frio. Um frio claro, debaixo de um sol distante, que só amarelava a paisagem e mais nada. Um frio de capotes e botas e luvas descobertas no fundo da gaveta. Tentei começar a escrever, mas os dedos doíam. Um frio de ossos, eu acho. Fiquei lembrando daquele poema do Frost em que ele diz que o gelo é suficiente para acabar com o mundo, pois já conheceu o desejo e o ódio. Todos nós acabamos conhecendo um e outro e, talvez por isso, o fim no azul das geleiras seja mais do que suficiente.

Sentado diante do computador, tentando esboçar alguma ideia coerente, como quem quer escrever uma carta, mas anda sem notícias. Esse é o pior momento, a imobilidade que se impõe sobre o corpo, à espreita da senha que vai abrir as comportas do sentimento, pois o resto é somente estilo, a música das palavras que sopra nas ruas da cidade, sempre. Uma boa gramática e adjetivos escolhidos ainda orvalhados, como diria meu saudoso Vicente Pereira. Mas o sentimento, aquela pequena chama que vai iluminar alguma parte do quarto escuro e frio, esse desaparece às carreiras, cada vez que tento abraçá-lo.

Fiquei tão absorto na tentativa de capturar alguma lembrança, que acabei estendendo a mão para o telefone, um gesto mecânico. Pensei em ligar para meu pai e só me dei conta da sandice quando já tinha discado o número – a gente passa a vida enterrando os mortos, eu pensei. Toda uma existência para se despedir de quem se ama. Lembrei que minha irmã tinha me dito que queria me mostrar uma caixa de pertences, algumas lembranças que ele guardava no fundo do armário. Não é tarefa que se enfrente sem preparo.

Ali reside o aroma daquilo que se perdeu. O inventário de nossas pequenas almas – cartões, instantâneos, um cacho de cabelo louro, quase branco, no envelope manchado – nas casas de quase toda gente, o passado dorme estilhaçado, em caixas de papelão, nos fundos dos armários.

Pousei o telefone e o frio aumentou. Mas a lembrança de meu pai acendeu a chama e ela me trouxe o par de colchas coral que enfeitavam as camas em meu quarto, pintado de verde. A irremediável exposição à cor desde a terna idade. O circulador de ar no centro do aposento, imenso, prateado, tentando afugentar o bafo quente do verão e a espiral do Boa Noite, a brasa brilhando noites a fio, lançando sua fumaça para o alto.

– Para o alto, sempre para o alto! – eu soprava a fumaça do cigarro, tentando esconder o mal-estar que aquilo me causava. No banheiro de baixo, na saída para o quintal, fumando escondido, com a turma, descobrindo o prazer do proibido. Um maço de cigarros Luxor, a cabeça de Nefertiti estampada, comprado no botequim da frente. O verão era tão quente que o asfalto brilhava, ameaçando derreter nas juntas do trilho do bonde. Trancado no banheiro, soprando a fumaça para além do basculante, os galhos de pitangueira, uma testemunha silenciosa da transgressão.

Corro para o passado, porque ali é sempre verão, e aproveito o azulado da geladeira que me envolve para ir patinando, deslizando na fogueira que era minha infância. A minha secreta vontade, o sonho finalmente realizado como um ás da patinação no gelo, como os astros do *Holliday on Ice*, a que a família assistia junta, no Maracanãzinho, nas arquibancadas de cimento. Na velocidade com que corto o gelo, passa por mim a nostalgia dos vestidos estampados das tias, dos olhos ardendo por causa dos lacerdinhas e da imagem pintada que era a enseada à noite, salpicada pelas luzes dos lampiões, quando a gente se embreava na água escura, na pesca dos siris.

Tudo isso anda guardado na tal caixa que minha irmã quer me mostrar. E milhões de imagens como esta, milhões de corações que aprendem a se despedir todos os dias e que também se deixam ficar adormecidos nos armários da cidade. As lembranças que dividimos e que são muito mais numerosas do que supomos, a nossa história partilhada, a nossa vida em comum, no gelo da mesma memória. Vez ou outra estamos nos reencontrando nas arquibancadas, crianças que se estudam antes da entrega.

E temos, todos nós, a responsabilidade de manter viva a parte da história que nos coube e cabe. Ainda que sem grandes acontecimentos, ainda que pequena, a chama deve ser bem-vinda. Antes das grandes datas, vêm as histórias anônimas de todos nós, os beijos apaixonados, os gritos de amor desesperado e os olhos no amanhã. Foram eles, em última análise, que construíram isso que chamamos de civilização.

Corações selvagens

Um par de olhos me espreita no caos da tarde paulistana, uma tarde inexplicavelmente azul. A sinfonia desenfreada das buzinas não é a trilha sonora ideal para o encontro, mas, fazer o quê? Eu a vejo por detrás do vidro, muito empertigada para tão pouca idade, um ar digno, muito à vontade na sua condição. Imaculadamente branca, como um pedaço de nuvem que viesse dar cá embaixo, depois de perdido o rumo. É uma cadela akita de quase três meses e todos ficamos apaixonados por sua graça e elegância. É um bebê, com toda certeza, absorvendo vida por todos os poros, mas um bebê elegante, cheio de uma alegria sólida. E como o vidro atrás do qual ela estava era a vitrine de uma loja, o final da história fica previsível: acabou cruzando os céus num avião, rumo ao Rio de Janeiro e, agora, dorme aos meus pés enquanto escrevo.

Cães e gatos cruzando a nossa existência, companheiros inseparáveis dos nossos dias. Olho para a nova habitante desse nosso lar e vou lembrando de outros companheiros de viagem. Salta no parapeito da janela o gato Faraó, todo cinza, de olhos alaranjados. Vivemos juntos por um longo período, até que um dia ele resolveu partir e eu achei que ele seria mais feliz no interior: gatos combinam com troncos de árvores. Gatos combinam com os quintais de nossas histórias comuns.

Os gatos dormindo ao sol na casa de Fernanda Gianetti, professora de canto de toda uma geração. Seu estúdio era coberto de fotografias de seus alunos, ilustres ou não, e eu lembro que a gente ia cantando os exercícios do Vaccai e sonhando acordado. Jovens vozes na pequena rua do Jardim Botânico. Gatos por toda parte: sempre houve muitos em minha vida. As paredes todas cobertas por sorrisos de celebridades e os sonhos de todos voando por ali. Porque creio que concordamos todos com o fato de serem aladas essas emoções que brotam na alma. Sonhos e gatos. Faz muito tempo. Ou foi ainda ontem mesmo.

Olhos azuis de uma outra cadela, olhos amarelados das gatas que foram testemunhas silenciosas de minhas conquistas, de minhas tristezas, das noites em claro e dos dias no escuro. Os gatos todos têm nomes secretos e o coração selvagem. Madrugadas sobre os telhados, voando sobre a cidade, miando nossas canções de amor. Todos os nossos gritos de amor e esperança. Todos os nossos uivos de solidão, nossos medos, nossas gargalhadas e a cesta básica de ilusão. A mágica nossa de cada dia nos dai hoje, porque antes do pão vem a esperança do pão. Uma ideia de pão, vaga e imprecisa, que cutuca o estômago mais tarde.

O coelho nos braços do menino que chorava. Comprou-se o animal na feira, para ver se assim o pranto cessava. Não era um macho, como se pensava. Era uma fêmea grávida e, dois anos depois, os coelhos eram muitos. Coelhos por toda a parte, abrigados nas grandes gaiolas que meu avô construía. Um dia, um mestre-de-obras que trabalhava com meu pai matou um dos mais gordos e preparou o assado. A choradeira foi geral e a náusea dominou a família suburbana. Foram-se os coelhos, foram-se os hamsters, o mico roubado de sua mata, aquele que cravou os dentes na minha mão que lhe estendia uma manga. Todos são fotografias amareladas pelo tempo. E, depois dos coelhos, chegam os macacos. Macacos por todo lado nos dias que correm. Gosto de olhá-los, gosto de alimentá-los e gosto, sobretudo, de seu olhar atencioso com tudo que a vida lhes proporciona. Aceitar o que lhes toca, correndo pelas copas ensolaradas, abrigados sobre as folhas dos coqueiros nos dias de chuva. Corações selvagens à minha volta, sempre.

Minha caixa postal mais uma vez foi inundada de ternura e palavras em noite de gala. Nem sei de que modo isso pode soar, mas meus leitores são muito talentosos, graças a Deus. Leio as mensagens com um prazer redobrado, além dos totens, correntes e lendas urbanas que chegam aos punhados. Uma mensagem em especial me chama a atenção. Provavelmente é mais uma lenda, mas, seja lá o que for, gostei de correr meus olhos sobre ela. Segundo o remetente, as águias vivem em torno de 70 anos, mas, para que sua existência se prolongue, é necessário que, por volta dos 40 anos, elas passem por um processo de renovação total. Precisam trocar seu bico, suas garras e suas penas, no isolamento de um ninho, em alguma montanha solitária. Não sei se é verdade, há tanta palavra jogada ao vento, correndo pela rede. Mas gostei de imaginar a realeza da águia na solidão das alturas, ouvindo a cantiga dos ventos e o bater de seu coração selvagem.

A jovem cadela dorme, uma mancha branca sobre a madeira do soalho. Um pedaço de língua cai sobre a boca, de um rosa perfeito. Depois, ela se espreguiça e me lança um olhar apaixonado. Ela é mais um coração selvagem a cruzar a minha existência. Como aquele quati que um dia viveu comigo e que se foi sem dizer adeus. Descobri depois que minha avó o doara para o zoológico. Foram-se os guinchos pelos galhos da goiabeira. Não se deve amar algo selvagem. Lições que vamos aprendendo na dureza da selva de cimento.

Nossos corações urbanos. Nossos corações selvagens. E sempre, sempre, caçadores solitários em busca de nem sei o quê.

TUDO COMO DEVERIA SER

CHOVE NO SÍTIO. UMA CHUVA GORDA que vai lavando a terra e deixando tudo com um brilho de esmeralda. Uma frase de Dickens chega de mansinho: "não devemos ter vergonha de nossas lágrimas, porque elas são como chuva que lava a poeira de nosso coração ressecado". A chuva cai sobre a serra e eu, de nariz colado na vidraça, lembro daquele momento. Wilker dirigiu e éramos um bando no palco. Entrávamos em cena por ordem alfabética e Luis Maçãs colocava-se logo a minha frente, na penumbra da coxia, à espera do terceiro sinal. Nunca fomos muito íntimos, acho mesmo que meu exagero às vezes o constrangia, mas era um belo ator no palco e eu fiquei triste quando soube que ele finalmente desistiu de esperar pelo terceiro sinal. Isso também faz algum tempo. Estranhamente, porém, hoje me lembro de sua nuca, parada ali à minha frente, os colegas sussurrando frases, a música que se fazia ouvir, antes de entrarmos em cena. Percebo os contornos de sua silhueta, por detrás da cortina de água que despenca dos céus. Afasto a imagem com dificuldade e tento focar os projetos de árvores que plantei na frente de casa e que, a despeito dos comentários descrentes de que não vingariam, resistem às intempéries do tempo com um vigor emocionante.

A macieira, que eu plantei ainda outro dia, já floriu e me ofereceu um fruto – pequeno, sem muito viço ou beleza, mas ainda assim um fruto. Digam o que disserem, é uma maçã. Solitária e de cor indefinida, parece grande demais para o caule recém-brotado. Mas é um fruto, resultado do próprio esforço, e agradeci. A figueira, irmã de plantio, recusava-se a brotar e eu, na última vez em que estive lá, dei-lhe dois tapas no caule seco e uns gritos bem dados. A preguiçosa deixou de fazer manha e abaixa as folhas ternas sob a chuva que cai, eu vejo daqui. Brotou finalmente, achou que valia a pena. O galho de amoreira, fincado na terra, não ouviu nenhum apelo e abriu mão de qualquer possibilidade de verde. Simplesmente, deixou-se morrer. As outras árvores em volta, excitadas com a adolescência de botões e flores, parecem não se incomodar com ela. Sua morte é apenas mais um acontecimento na ciranda dos dias. Eu é que fiz um estardalhaço, tentando reanimar a condenada. Tudo em vão. Esqueci daquela máxima que deveria nos nortear a existência: não existem sucessos ou fracassos. O que há é uma fileira de acontecimentos. Depois da chuva, vou arrancá-la da terra e queimá-la na lareira, numa cremação simbólica e rápida. Não há lugar para sentimentalismo na natureza. Tudo é como deveria ser – o pranto fica por conta de nosso coração apegado e do céu que, volta e meia, despeja sua mágoa lá de cima.

Mais tarde, quando a lua vier brincar no meio do breu e a chuva parar, vai ter uma grande quadrilha de tatus no meio do gramado úmido. Eu tenho certeza de que eles se sabem observados, embora eu não faça nenhum ruído, imóvel, na escuridão da casa. Aos poucos, eles vão chegando, em fila, cruzando a extensão do gramado, indiferentes aos uivos dos cães. Brincam por ali, agradecidos pelas visitas do final de semana (o que determina a prisão noturna dos cachorros) e, depois, com aquele passo miúdo, desaparecem na mata. Vou deixar algumas frutas no meio do gramado, como oferenda. Eles vão entender.

Olhar a chuva que cai é sempre um exercício para a alma. Olhar fixamente para a paisagem lavada liberta os nós e deixa nosso coração pronto para navegar no mar da lembrança. É uma forma de meditar, eu acho. Estamos sempre nos esquecendo de exercitar a mente, na subjetividade. Não os exercícios intelectuais de sempre, não o afiar da lâmina, para que a inteligência seja cada vez mais cortante, mas a suavidade da mente que anda livre por aí, aparando as arestas e abrindo outros horizontes, outros estágios de consciência.

Agora mesmo, parado aqui, a respiração embaçando um retângulo da vidraça, eu desfio um rosário de contas de todas as formas e todos os jeitos, as miçangas mais preciosas da minha vida, que me fazem sorrir e me emocionam e me conferem a melhor parte de ser humano. Olho para o mundo sob a água e percebo outros mundos, além, de tanto que olhei para o mesmo quadro. De repente, a vontade de fazer parte daquilo tudo, enfiar minhas raízes terra adentro e só ficar. Um ponto.

Como tenho convidados em casa, pulo a janela do quarto e fico olhando para o vale, enquanto a água é trazida pelo vento em chicotadas de pingos grossos, milhares deles. Um banho de chuva como há muito tempo eu não tinha. Depois, assim como veio, ela se vai e o céu se rasga ao meio, mostrando o papo amarelo. Um cheiro de alfazema entra pelas narinas e há um silêncio de pássaros por toda parte. De onde virá essa essência, no meio da tarde? Certamente, vem da memória e não da terra encharcada.

Depois é um céu estrelado, um copo de vinho e as janelas abertas durante a madrugada, para que um pensamento voe livre, antes do mergulho no sono: hoje foi um dia de paz.

Verde simples

Uma vez, quando eu estava ensaiando *A Filha de Lúcifer*, um monólogo sobre a vida da escritora dinamarquesa Karen Blixen, subimos a serra e resolvemos trabalhar no sítio, longe do insensato mundo. Cleyde Yáconis era, como sempre, surpreendente, e a tarde rolava no céu e nem percebíamos, porque tamanha era a intensidade com que ela se entregava à personagem, que tudo mais silenciava e a natureza estendia um tapete de relva e flores para a majestade da atriz. Depois do ensaio lá ia ela me ensinando coisas que eu desconhecia, curvava-se e trazia nas mãos uma flor do pé de alcaparra e eu aprendia que ela ficava uma delícia na salada e em outros pratos, que isso, que aquilo, uma intimidade com a natureza tão boa, que eu acabei entendendo de onde vinha aquela grandeza no palco, aquele olhar profundo de raízes e folhas e vento.

Daí que, num certo momento, estávamos olhando as árvores e eu reclamei de um velho pé de jabuticaba que, indiferente aos meus apelos e à lembrança do *Sítio do Pica-Pau Amarelo*, recusava-se a dar frutos. Cleyde não se fez de rogada. Imediatamente afugentou dos olhos aquela nobre dinamarquesa que ela estava interpretando e me disse: "Ah é? Deixa ela comigo!". Correu para casa e voltou com um cinto e uma cara de poucos amigos. Surrou o pé de jabuticaba e gritava que ele era preguiçoso, que ele tomasse vergonha na cara, etc. e tal. Ficamos estarrecidos, admirando a cena, porque era uma grande cena e acabamos rindo da história.

Que coisa boa deve ser manter-se no lugar, sem perder o eixo, sem aquela extrema necessidade do outro.

Lembrei da Cleyde, porque a semana foi para lá de agitada, bem diferente daqueles dias no sítio. Fui para São Paulo, estreia de Claudia Raia, no *Cinco Vezes Comédia*, fazendo um quadro que eu escrevi para ela. "Será que vão gostar?", "Será que vão entrar em sintonia com o que eu escrevi?" Muito riso, muita festa, muito jantar invadindo a madrugada. Finalmente o pano se abriu e Claudia mostrou a que veio e todos ficamos felizes e eu voltei para o Rio, em pleno sábado, depois da agitação da noite. Cheguei e não sabia o que fazer (na verdade, eu não tinha muitas coisas pendentes), mas fiquei meio deslocado, peguei a semana já no fim, entrei em cena tarde demais e o ato já estava acabando. Fiquei também com saudade dos carinhos de Claudia, porque eu e ela, nesse curto período de tempo, acabamos desenvolvendo uma intimidade gostosa, um amor de atores, que é uma coisa difícil de explicar. Resolvi então que ia deixar tudo em suspenso e que voltaria no segundo ato, porque às vezes não vale a pena a gente entrar antes, só por ansiedade, e estragar uma bela entrada mais tarde.

Fui para Araras e fiquei no meio daquele silêncio, olhando para aquela pedra imensa que me olha de volta e nem te ligo! Eu tinha plantado uma porção de árvores: caqui, maçã, pera, amora, figo, cereja, framboesa, uma festa de frutos e cheguei ansioso, porque todo mundo tinha me dito que aquilo não ia vingar, que eu estava era gastando dinheiro à toa. Nos primeiros dias, realmente, elas me pareciam fracas desanimadas, sem dar um segundo olhar para a minha ansiedade de pai zeloso. E me lembrei que uma vez, há muito tempo, ainda em Copacabana, a minha árvore da felicidade começou a ficar triste e a murchar inexplicavelmente. Ela simplesmente foi deixando os galhos tombarem, numa melancolia sem fim. Fiquei doido, afinal, era a minha felicidade. Um dia, na hora do almoço, Maria estava fritando uns bifes de fígado e eu resolvi que aquela árvore estava era tendo uma fraqueza. Cavei a terra em volta da raiz e dei para ela dois pedaços grandes do fígado sanguinolento. Foi tiro e queda. Onze dias depois, a minha felicidade estava de cabeça erguida, aproveitando a brisa do mar e recuperando o verde de sua existência.

Em Araras, fiz a mesma coisa com os jovens pés de frutos. Achei que o inverno estava rigoroso e que eles pareciam sem muita vontade de crescer e enfrentar seu destino de imobilidade. Na falta de carne, catei uns pedaços de linguiça e fui distribuindo entre eles. Todos disseram que a minha insanidade estava vindo à tona, mas eu senti vontade de fazer e fiz, de modo que voltei a fim de conferir o resultado de minhas experiências. Todos brotaram, sem exceção. Alguns, ainda tímidos, exibem as folhas enroladas, mas há, definitivamente uma promessa de verde em toda a parte. Antes de voltar para a ciranda dos dias frenéticos, parei no pomar e mostrei o cinto, de longe, só para impor respeito, porque aquele tal pé de jabuticaba, aquele que Cleyde surrou, passou a ficar carregado de frutos e nunca mais fez pirraça conosco.

Desci a serra pensando na sedução das plantas. Que coisa boa deve ser manter-se no lugar, sem perder o eixo, por uma questão de sobrevivência, espalhando seu amor através do vento, sem pedir nada em troca, sem aquela extrema necessidade do outro, enroscado ao caule. As árvores sabem de tudo, conhecem os segredos da mãe terra como ninguém. Simplicidade, esse é o segredo. Um ou outro tom de verde que se sobrepõe e isso é tudo. Elegância. Serenidade. E, é claro, uma vida secreta de seivas e paixões que elas mantêm escondidas dos olhos daqueles que não conseguiriam entender tanto amor, num mundo cada vez menos verde.

A FESTA DAS PALAVRAS

Não consigo me lembrar quando foi que descobri que gostava de escrever. Não consigo precisar em que momento comecei a atirar palavra para o alto, na esperança de que elas caíssem no lugar certo, invejoso da precisão de Truman Capote, que se autodenominava, com toda razão, um Paganini semântico. Não sei quando, não sei por que, mas um dia entendi que as minhas férias na redação escolar poderiam ser mais coloridas, mais engraçadas, que o olhar para o monte podia ir além e subir, subir, até que não houvesse mais terra sob os pés e alçasse alturas, olhando para o mundo lá embaixo.

Adamo cantava "F. comme femme", as espinhas brotavam no rosto e magoavam a pele e magoavam os jovens corações e algumas mães zelosas, à beira da histeria suburbana, quebravam os compactos simples de Jane Birkin gemendo em "Je t'aime moi non plus". Era assim que acontecia e o mundo caminhava lá fora, para além de nosso cercado.

Talvez eu tenha aprendido a gostar de escrever para fugir daquilo tudo, para aliviar o medo que eu sentia, a solidão que era imensa e que parecia aumentar com o correr do tempo. Talvez por isso, não sei. Talvez para não abandonar meus sonhos, já que eu via sonhos atirados pelos cantos, e em toda parte, na minha infância.

Mas eu tenho a impressão de que comecei a escrever para aprisionar a ideia de reinventar a vida, porque no fundo é isso que fazemos, escrevendo ou não. Reinventamos as próprias histórias com um despudor inacreditável. Metodicamente, cada um de nós.

Mas, curiosamente, lembro de outras lições, por exemplo, o dia em que tive a consciência de que era capaz de infligir dor. Muito pequeno ainda, brincando na areia da praia que ficava logo ali na frente, naquele universo de manhãs brilhantes que foi a Ilha do meu início. Um pequeno caranguejo que eu atormentei com uma vareta, até que arranquei uma de suas patas. O bicho espumava, na posição de ataque, sem a garra, entretanto, como um soldado ferido. Eu me senti muito mal, naquele instante. Tão forte foi o sentimento que nunca esqueci aquela manhã, quando os meus olhos se abriram para o mundo que me rodeava. Lembro disso e não consigo atinar com o momento em que resolvi escrever.

Pois essa foi uma de minhas primeiras lições. E, uma vez aberta a janela, uma vez repetido o convite, outras vieram, voando em bando pela mata. De meu primeiro encantamento, logo lembrei, já que volto a ele vez ou outra: no lago que havia no fundo do quintal, numa outra manhã solitária, eu vi um inseto, uma lavadeira de asas transparentes, emergir das profundezas.

Ninfa – pousada na superfície, recebendo as graças do dia. Lembro do cheiro daquela manhã, de minhas pernas magras e machucadas. Depois, ela levantou voo e desapareceu, misturando-se no ar. E eu fiquei ali, no alumbramento do instante, uma coisa tão banal que eu transformei em mágica e guardei como estampa no fundo de meus olhos. Lembro perfeitamente desse dia, mas não consigo lembrar quando foi que começou a festa das palavras.

Lembro das primeiras lições de perda, de tanto amor que foi-se embora sem aviso prévio, das noites com o coração sufocado, apertado no torniquete. Lembro que era verão e eu dormia com a porta aberta para o terraço e acordava com a chegada da aurora, a de dedos róseos, sobre a cidade. Acordava e o coração não se mexia, magoado. E eu pedia secretamente para que aquilo fosse embora, eu rezava para acordar e descobrir que tinha passado, mas não passava. Até que um dia eu esqueci e consegui olhar através. Talvez por isso, para lembrar da dor e não mais me assustar com ela, eu escreva cada um dos sentimentos. Para não permitir mais que a vida me escape sem registro. O fato é que me lembro de cada dia daquele período, mas não consigo precisar o dia em que os sentimentos se transformaram em palavras. Não consigo descobrir quando foi que resolvi contar outra vez a história.

E lembro da chegada do teatro, como um desfile do circo pela rua principal. Um soldado numa peça escolar. Entrava mudo e saía calado, mas que alegria em respirar o ar do auditório, que beleza na luz que buscava espiar o ensaio pelas persianas fechadas naqueles fins de tarde. É claro que me lembro disso. Não poderia esquecer nem que eu quisesse, porque depois que reconhecemos o amor e o chamamos pelo nome, ele se torna parte de nós. Lembro do coração batendo acelerado, dos figurinos improvisados, da gritaria no dia do espetáculo. De tudo, eu lembro, mas não me pergunte quando foi que resolvi contar esses segredos, lembrar dessas primeiras lições que a vida vai nos oferecendo.

Talvez eu tenha rabiscado algum sentimento, porque pertenço àquele bando de nostálgicos, os que já nasceram com a saudade na alma.

Mas lembro da luz. Lembro do clarão. E agradeço por conhecer o caminho de volta.